山西出版传媒集团　山西科学技术出版社

黄少龙　段雅丽◎编著

象棋大师对局经典

U0139836

序

象棋对人们的智商和情商的培养有重要作用，随着时代的发展，人们也越来越重视象棋这类传承传统文化的娱乐活动。下棋，谁不希望取胜呢？尤其是广大的棋迷朋友们，都希望掌握一些窍门，在实战中取得佳绩，既享受棋艺的美妙，又能开发自己的思维。

本书从国内重大比赛的名家对局中，选取了一些经典棋局，精心研究，总结出象棋大师们的杀法技巧，以供棋迷朋友们参考。

这些棋局的特点是弈者在开局驾轻就熟，中局功力深厚，其中包含了争先、谋子、取势、入局等多种战术，着法精炼，构思奇巧，杀法精彩，引人入胜。我们希望棋迷朋友们能够虚心好学，跟对手学，跟棋谱学，在实践中学；不要自以为是，看不起对手，认为棋谱无用。希望读者能从本书中受到启发，举一反三，从而掌握象棋杀法的精华和技巧，提高棋艺，取得好成绩。

学象棋的途径，无非是名师指点、自学棋谱和在对弈中总结经验，除去外界因素，棋艺的提升归根结底还是自己的努力起决定性作用。

象棋的战略、战术有其普遍的规律。象棋的战略、战术除遵循普遍规律外，还有其自身特殊的规律，这就要求我们熟练掌握象棋的杀法技巧。我们要善于学习，潜心研究象棋中的精妙着法，才能提高胜率，取得更好的成绩。

实践出真知。平时要多下象棋，要在行棋中算清各种杀法的走棋样式，提高计算能力，这样有助于对弈者思维敏捷的锻炼和棋艺的提高。这就要求我们要重视象棋实践和训练。如果离开实战，就得不到象棋的精髓，更谈不上提高棋艺了。

我长期致力于象棋文化的研究，也曾致力于象棋文化艺术事业的弘扬和普及。本书的写作选取了象棋大师们的许多比赛实例，希望能帮助棋迷朋友们提升棋艺水平。由于自身水平有限，书中如有不妥之处，敬请大家指正。

黄少龙

2021 年 11 月

目　　录

胡荣华经典胜局

吕钦经典胜局

徐天红经典胜局

赵国荣经典胜局

胡荣华经典胜局

胡荣华，上海市人，象棋特级大师，曾任上海棋院院长，现为中国象棋协会副主席。1960 年获全国象棋个人赛冠军，之后在 1962 年至 2000 年期间共夺得 13 次全国冠军，曾创下"一人盲棋对十四人"的车轮战纪录，著有《反宫马专集》《胡荣华妙局精粹》等书，被评为"新中国棋坛十大杰出人物"。

第一局

胡荣华（胜）陶汉明

　　1999 年第十四届电视快棋赛，胡荣华第一局战胜陶汉明后，第二局双方的对弈也相当激烈，由胡荣华先行棋，他仅用十几个回合便出现弃子搏杀的局面。尽管陶汉明全力抵抗，最后也以失利告终。

　　1. 相三进五　炮2平6　　2. 马八进九　马2进3

　　3. 兵九进一　卒1进1

　　黑方意图换兵后出车，不料红方弃兵跃马。黑方如改走车1平2，红方则车九进一，马8进9；车九平四，士4进5；车四进三，红方伏有"马九进八"打车的手段。

　　4. 马九进八　卒1进1　　5. 马二进三　卒3进1

　　6. 炮二进二　……

　　红方升炮是佳着，意在吃掉黑方的卒，免除后患。

　　6. ……　　　马8进9

　　黑方如改走卒1进1，红方则车一进一，车1进1；车一平九，红方仍能捉死黑方的卒。

　　7. 车九进四　车1进5　　8. 炮二平九　车9平8

　　9. 仕四进五　炮8平7　　10. 车一平四　士6进5

　　11. 车四进五　……

红方出肋线车占领要道，左翼的双炮和马养精蓄锐，随时待命。

11. …… 象7进5 12. 马八进七 炮7进4

13. 炮九进五 马9退7 14. 马七进五 ……

如图1－1，红方弃马踩象，展开了攻击，此类局面，双方都有顾忌。

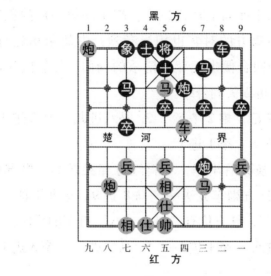

图1－1

14. …… 马7进5 15. 炮八进七 马3退1

16. 车四平七 ……

红方伏有"车七进四"吃象的手段，如黑方走将5平6，红方炮八退一，再用车吃象。

16. …… 士5退6 17. 兵七进一 ……

红方如改走炮九平七，马1退3；车七进四，将5进1；红方无攻击手段，而黑方有车8进7捉马的手段。

17. ……　　车 8 进 1　　18. 车七平四　炮 6 平 7

19. 车四进二　马 5 退 3　　20. 炮八退一　马 3 进 2

21. 车四平五　车 8 平 5　　22. 车五平八　马 2 进 4

23. 车八平六　……

红方的车绕了一圈，终于找到破士的机会。

23. ……　　车 5 平 2　　24. 车六进二　将 5 进 1

25. 车六退四　车 2 退 1　　26. 车六进一　马 1 进 3

黑方只能跳马保护卒，如改走车 2 平 1，红方则车六平五，象 3 进 5；车五平三"捉双"。

27. 炮九退七　卒 7 进 1　　28. 兵七进一　象 3 进 5

29. 车六平七　卒 7 进 1

如图 1－2，红方少一个炮，但黑方缺士和象；红方的兵已过河，有一定的攻击力，如能跃出右路马便更有攻势。

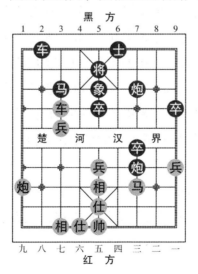

图 1－2

30. 兵七平六　车2进7　　31. 兵五进一　卒7平6

32. 马三进五　前炮退3　　33. 兵六进一　卒6平5

34. 马五进七　车2退1　　35. 炮九进二　车2退1

36. 马七进八　前炮平8

红方的右翼十分空虚，黑方准备沉底炮"叫杀"。

37. 炮九退二　前卒进1　　38. 马八进七　……

红方跳马"卧槽"牵制黑方的车，如黑方的车离开"2路"，红方用车吃马，再进炮绝杀。

38. ……　　　　前卒进1

黑方用卒换相毫无意义，丧失了此卒的重要助攻作用，应改走前卒平6，伏有"炮8进6，帅五平四；炮7进7，帅四进一，车2平8"的手段，之后再进车将军。由于黑方此着失误，以后黑方的车和双炮攻击力不足。

39. 相七进五　车2平1　　40. 炮九平八　车1平2

41. 炮八平七　炮8进6　　42. 帅五平四　车2平6

43. 仕五进四　车6平8　　44. 炮七退一　炮7进5

黑方如改走车8进3，红方相五进三，黑方无"杀着"。

45. 车七进一　车8进3　　46. 车七平五　将5平6

黑方如改走将5平4，红方则兵六进一，将4退1；车五进二，绝杀。

47. 炮七平四

黑方认输，因黑方只能用车吃炮，红方必胜。

第二局

胡荣华（胜）刘殿中

1999 年红牛杯快棋赛第二轮，前两局胡荣华与刘殿中各胜一局，加赛超快棋赛。这一局由胡荣华先行，胡荣华仍然施展飞相局，刘殿中摆士角炮，再补中炮反击，因急于用马踏中兵，露出破绽，被胡荣华"反杀"。于是，胡荣华淘汰了刘殿中，取得半决赛入场券。

1. 相三进五　　炮 2 平 4　　2. 兵三进一　　卒 3 进 1

3. 马八进九　　马 2 进 3　　4. 马二进三　　车 1 平 2

5. 车九平八　　炮 8 平 5

红方用单提马阵形牵制黑方的右路马，如改走马 3 进 4，红方炮八进三打马。所以，黑方补中炮支援右路马。

6. 仕四进五　　马 8 进 7　　7. 车一平二　　马 3 进 4

黑方跳马显急躁，可改走车 9 进 1，以静制动。

8. 炮二进四　　马 4 进 5　　9. 马三进五　　炮 5 进 4

10. 炮八进五　　……

黑方马踏中兵给红方提供了"伸炮打马"的机会。至此，黑方如走车 9 进 2 保护马，红方则炮二平五，马 7 进 5；炮八平一，车 2 进 9；马九退八，象 7 进 9；马八进七，红方易走。

10. ……　　　炮4进4

劣着，黑方应走象7进5，红方则炮八平五，车2进9；炮五退四，炮4平5；马九退八，炮5进4；黑方只丢一个象。由于超快棋时间紧迫，黑方来不及细算，出现失误也是可以理解的。

11. 炮八平五　　……

如图1－3，红方移炮换车是妙着，抓住黑方破绽。

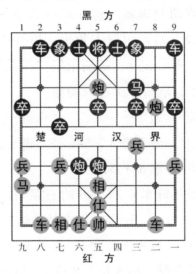

图1－3

11. ……　　　车2进9　　12. 炮五退四　象7进5

13. 马九退八　　……

红方多吃掉黑方一个炮，获得极大的优势。

13. ……　　　炮4平9　　14. 兵七进一　卒3进1

15. 相五进七　炮9平1　　16. 马八进七　炮1退2

17. 马七进六　卒5进1　　18. 炮二平九　卒5进1

19. 炮五平一　车 9 平 8　　20. 车二进九　马 7 退 8

21. 马六进七　炮 1 平 3　　22. 相七进五　卒 7 进 1

23. 兵三进一　象 5 进 7　　24. 炮一平八　马 8 进 7

换车之后，红方仍多一个炮，但黑方多两个卒得到一定补偿。红方仅有马和炮却没兵，而黑方的卒如能过河，也有一点求和希望。所以，目前双方的胜负尚不可确定。

25. 炮八进六　马 7 进 6　　26. 炮九进三　……

如图 1 - 4，红方的双炮沉入底线发起攻击，已有破士的机会，可削弱黑方的防御能力。

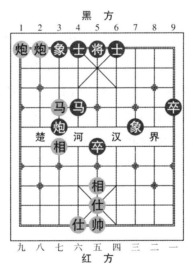

图 1 - 4

26. ……　　　　　马 6 退 4　　27. 炮八平六　马 4 退 3

28. 炮九平八　将 5 进 1　　29. 炮八退一　将 5 退 1

30. 炮六退一　马 3 进 4　　31. 炮八退二　马 4 退 3

32. 炮八平一　……

红方顺便吃卒，削弱黑方实力。

32. ……　　　　士6进5　　33. 炮六退三　马3进5

34. 炮一平五　炮3平2

红方摆中炮牵制黑方的马和士，而黑方的双象失去联络，形势进一步转向红方。

35. 炮六平五　将5平6　　36. 马七进六　卒5平4

37. 马六退八　马5进3

黑方如改走象3进1，红方马八退六，炮2进5；相五退七，红方伏有"前炮平四，将6平5；马六进七"抽掉黑方马的着法。

38. 后炮平四　卒4平3　　39. 炮五平四　将6平5

40. 马八退六　炮2进5　　41. 相五退七　马3进4

败着，黑方应改走马3退1守住"卧槽"位置。

42. 马六进七　将5平4　　43. 后炮平六

红方下一步重炮绝杀，黑方认输。

第三局

胡荣华（胜）卜凤波

1999 年"红牛杯"快棋赛半决赛，胡荣华与卜凤波相遇，第一局胡荣华先行，胡荣华以流行的五七炮阵形攻对方屏风马左路炮阵形，这是一个双方对攻的局面，双方炮声隆隆，刀光剑影，杀得惊心动魄。

1. 炮二平五　马 8 进 7　2. 马二进三　车 9 平 8
3. 车一平二　马 2 进 3　4. 马八进九　卒 7 进 1
5. 炮八平七　车 1 平 2　6. 车九平八　炮 8 进 4

黑方用炮封车，左翼很占优势，但随之而来的硬伤是右路马"失根"，必然会遭到红方左路车和炮的攻击。此局面决定了双方各攻一侧的形势，是当时较激烈的布局之一。

7. 车八进六　炮 2 平 1　8. 车八平七　车 2 进 2
9. 车七退二　马 3 进 2

红方退车的意图是挺三路兵换车，削弱黑方用炮封车的威胁，但同时也放松了对黑方右路马的压制。故黑方的马跳出，准备踏边兵"踩双"。

10. 车七平八　马 2 退 4

防止红方炮七平八打马，黑方只好退马换车，丢底象也属无奈。

11. 车八平六　马4进2　　12. 炮七进七　士4进5

13. 车六平七　炮1进4

黑方炮打边兵是正着，既防止红方炮七平九形成"抽将"之势，又有用双炮抢中兵的手段。

14. 兵三进一　卒7进1　　15. 车七平三　……

红方挺兵换卒，消除黑方双炮轰中兵的威胁。

15. ……　　　马7进6　　16. 车三平八　……

红方移车捉马十分必要，否则黑方马2进4形成连环，红方的兵马难以发挥作用。

16. ……　　　车8进2

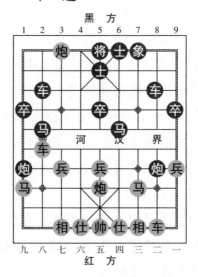

图 1－5

如图1－5，黑方升车是一步试验性的变着，以往选手多走马6进5，红方则马三进四，马5退7；车二进一，车8进2；车二平三，炮8平5；炮五进四，将5平4；炮七退四，双方各有顾忌。

17. 炮五平八　马6进5　18. 马三进五　炮1平5

19. 车八平五　……

黑方的空头炮很厉害，红方不敢走炮八进三吃马，因黑方可走炮5退2，红方车二平一，炮8平5；车八平五，车2进2；接下来黑方有车8进3捉死车的手段，或车2平4再出将追杀，红方难以应付。

19. ……　　　马2进3　20. 车五退一　马3进4

21. 炮八平六　……

红方如改走车五退二，炮8平5；车五平六，车8进7；黑方仍有空头炮的优势。

21. ……　　　马4退6　22. 帅五进一　车8平3

黑方弃炮取势，造成红方升帅的危险局面，此着移车捉炮，也是防止红方炮七退八退守。

23. 帅五进一　……

此时黑方已暗伏杀机，红方如改走车五平四，车2进6；帅五进一，马6进8；车四平二，马8进6；帅五平四，车3平6，绝杀。

23. ……　　　马6退7　24. 车五平二　……

红方随手吃炮是劣着，应改走车五平三，炮8退4；帅五退一，炮8平5；相三进五，马7进5；帅五退一，车3退2；仕四进五，红方解除危险。

如图 1-6，黑方仍潜伏杀机，可走车 2 进 2，红方则帅五退一，车 2 进 4；帅五进一，车 3 进 2；前车平三，车 2 退 2；车二进三，车 3 平 5；帅五平四，车 2 平 6，绝杀。

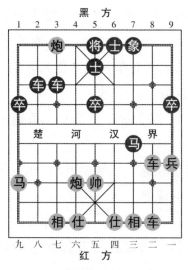

图 1-6

24. ……	车 3 进 3	25. 马九进七 ……

黑方在快棋赛中缺乏准确分析的时间，错过了战机，被红方跳马守住战略要点。至此，红方已占尽天时地利。

25. ……	车 3 退 5	26. 前车平三	马 7 退 5
27. 车二进六	车 2 平 4	28. 车二平五	车 4 进 4
29. 车三平六	马 5 进 4	30. 马七进六	车 3 进 4
31. 车五退三			

黑方认输。

第四局

胡荣华（胜）洪智

2000 年"翔龙杯"快棋赛第二场，胡荣华与洪智首局弈和，第二局由胡荣华先行，双方演变成中炮过河车对屏风马左路马盘河阵形。考虑到洪智是年轻选手，对早期布局不太熟悉，胡荣华选择了"出肋线车卸过宫炮"的走法，开局比较满意。中局阶段，胡荣华弃兵取势，巧退仕角马埋伏兵，果然取得优势。

1. 炮二平五　马 8 进 7　　2. 马二进三　车 9 平 8

3. 车一平二　马 2 进 3　　4. 兵七进一　卒 7 进 1

5. 车二进六　马 7 进 6　　6. 马八进七　象 3 进 5

7. 车二平四　……

出肋线车捉马，这是 20 世纪 50 年代王嘉良的创新着法，与之后卸中炮补相跃马配合，组成一个布局套路。这对当时的青年选手洪智来说，可能并不熟悉。

7. ……　　　马 6 进 7　　8. 炮五平六　……

红方先卸炮有更多变化，避免黑方换马。

8. ……　　　炮 8 平 7　　9. 相七进五　士 4 进 5

10. 马七进六　炮 2 进 1

黑方的左路车无佳位可走，右路车的出路又被封锁。

此着黑方如改走炮2进3，红方则马六进七，车1平4；仕六进五，炮2进1；车九平七，车4进6；炮八退一，红方伏有炮八平六或兵七进一等攻着。

11. 车九平七 ……

红方完成了理想的布局计划，右路车占肋线骚扰黑方左翼，仕角炮、盘河马封住黑方的右路车，并控制中心区域，左路车杀出支援七路兵，之后有马踏卒再冲兵渡河的续着。如图1-7，黑方如走卒3进1，红方则马六进七，车1平4；仕六进五，卒3进1；车七进四，仍为红方持先手。

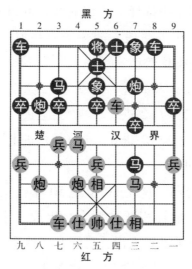

图 1-7

11. …… 卒9进1 　　12. 仕六进五 卒1进1

黑方挺两个边卒毫无意义，浪费两步棋。

13. 马六进七 车1平4 　　14. 车四退二 车8进3

15. 兵七进一 ……

红方顺利进兵，开始酝酿总攻计划。

15. ……　　　卒 5 进 1　　16. 马七退五　车 8 平 5

17. 兵五进一　炮 2 进 2　　18. 车四退一　车 4 进 5

黑方的车和炮出击，如红方走兵七进一，炮 2 平 5；兵七进一，车 5 进 1；炮六进一，卒 7 进 1；双方对攻，仍为红方易走。

19. 马五退七　车 4 平 5

黑方可改走象 5 进 3，红方炮八平七，象 7 进 5；车七平八，炮 2 退 5；炮六退二，车 4 进 3；马七进九，象 3 退 1；马九退七，象 1 进 3；兵五进一，车 5 平 1；黑方仍可抗衡。

20. 兵七进一　……

红方弃兵是佳着，可借势"谋子"。

20. ……　　　后车平 3　　21. 炮八平七　象 5 进 3

黑方只能飞象挡炮，如改走车 3 平 5，红方则车七平八，炮 2 退 1；炮七进五，炮 7 平 3；车八进五杀炮。

22. 车七平八　炮 2 退 3

黑方如改走炮 2 退 2，红方马七进九，车 3 平 5；炮七进五轰掉黑方的马。

23. 炮六进一　卒 7 进 1

黑方如改车 5 平 3，红方炮六平五，前车平 5；炮七进四轰掉黑方的车。

24. 马七退六　……

如图 1-8，红方巧退仕角马，露出炮瞄黑方的车。黑方如走象3退5，红方则炮六平七捉车必得马。

24. ……　　车3平7

25. 炮六平五　车5退2

26. 炮七进五　将5平4

黑方出将，使中路车摆脱牵制。

27. 车八进四　车5平2

28. 车八平六　炮7平4

29. 车四进二　卒7平6

30. 车四退一　马7退8

31. 车四进一　马8退7

32. 炮七平三　炮2平7

33. 马三进四　车7平3

34. 车四进四　……

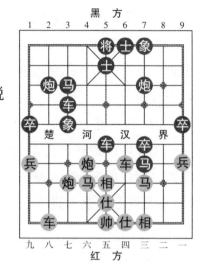

图 1-8

红方弃车破士是妙着，用一个车换掉黑方的双炮，且摧毁黑方的防线，已奠定胜局。

34. ……　　士5退6　　35. 车六进三　将4平5

36. 车六平三

红方兵强马壮，且已破坏黑方的士和象。黑方见大势已去，故认输。这局棋结束后，胡荣华以"一胜一和"的成绩淘汰了洪智。

第五局

万春林（负）胡荣华

2001 年排位赛第一场，胡荣华与万春林相遇，双方演变成五七炮三路兵对屏风马阵形。万春林出肋线车捉左路炮，双方形成互相牵制的局面。胡荣华用左路炮封车，力图争先手。中局阶段，万春林一时疏忽大意，在换炮时丢士，而且兵种配备不佳，由此落入下风。

1. 炮二平五　　马 8 进 7　　2. 马二进三　　车 9 平 8

3. 车一平二　　马 2 进 3　　4. 兵三进一　　……

红方主动挺三路兵，避开进七路兵的激烈变化，易于掌握先手。

4. ……　　　　卒 3 进 1　　5. 炮八平七　　……

红方意图形成五七炮，但暂不跳马而先移炮，是想改变次序，同时观察黑方的应法，如黑方按习惯走马 3 进 2，红方则马三进四，象 3 进 5；马四进五，炮 8 平 9；车二进九，马 7 退 8；马五退七，士 4 进 5；马七退五，红方左翼军马出动较慢，但多两个兵，按以往经验推测实战效果不错。

5. ……　　　　士 4 进 5　　6. 马八进九　　马 3 进 2

7. 车九进一　　象 3 进 5　　8. 车九平六　　炮 8 进 4

红方出横车占肋线，控制了黑方右路车出路；黑方的左路炮封车，双方各有所得。

9. 马三进四　　车1平2

如图1-9，黑方出车保护炮是含蓄着法，如急于挥炮轰兵，则形成对攻之势。例如黑方改走炮8平3，红方则车二进九，炮3进3；仕六进五，马7退8；车六进五，马2进1；炮七退一，炮2进3；车六平八，卒3进1；马四进六，炮3平1；双方各有顾忌。

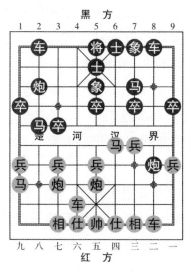

图1-9

10. 车六进五　……

黑方出右路车加强后备力量，红方不宜走兵三进一，否则黑方炮8平3，这样对黑方有利。但红方的车走至卒林线也是徒劳的，可改走马四进六，车2平4；车二进一，红方稳持先手。

10. …… 炮 2 平 4　　11. 炮七进三 ……

红方已出肋线车，那么用左路炮轰卒是势在必行。

11. …… 炮 8 退 3　　12. 马四进三 炮 8 进 4

黑方的炮一退一进，体现了积极的反击策略。至此黑方可走炮 8 平 7，红方则车二进九，炮 7 退 4；车二退八，炮 7 平 4；黑方占优势。

13. 兵三进一 象 5 进 7

黑方如改走炮 8 平 1，红方则车二进九，炮 1 平 3；车二退五，炮 3 退 3；车二平七，炮 3 退 4；车六平九，炮 4 平 3；车七平八，前炮进 7；仕六进五，前炮平 1；车九平七，黑方的主力被牵制，红方有炮五平八等手段。

14. 炮五进四 马 7 进 5　　15. 车六平五 炮 8 平 5

16. 车二进九 炮 5 退 4　　17. 仕四进五 象 7 进 5

18. 炮七退一 ……

黑方巧换车打破僵局，至此红方多两个兵，黑方棋子灵活，双方各有千秋。

18. …… 马 2 进 4　　19. 车二退五 马 4 进 6

20. 车二平四 马 6 进 7　　21. 帅五平四 车 2 进 3

黑方伏有炮 5 平 6 将军的手段。

22. 车四进二 车 2 进 1

黑方伏有炮 5 平 7 吃车的手段，如红方走车四平三，黑方则车 2 平 6，绝杀。

23. 马三进四 炮 5 平 2　　24. 炮七平二 象 7 退 9

25. 仕五进四 炮 2 退 2　　26. 炮二平五 炮 2 平 3

27. 相七进五　将5平4　　28. 炮五平六　车2平4

如图1-10，红方移炮将军是失着，黑方移车之后，无论双方是否换炮，黑方必破红方的底仕，红方由此转入下风。

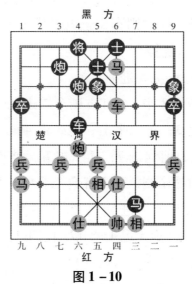

图1-10

29. 炮六进三　车4进5　　30. 帅四进一　车4退7

红方多两个兵但无炮，不利于远程进攻，而且缺仕不利于防守。

31. 仕四退五　车4进4　　32. 马四退三　象9退7

33. 车四平五　车4退2　　34. 车五平四　车4平7

黑方移车是佳着，既牵制红方的马，又加强了左翼的攻势，对以后局势发展有重要作用。

35. 兵九进一　炮3进1　　36. 马九进八　将4平5

37. 马八进七　象5退3

如图 1 – 11，黑方落象疏通炮的进攻路线，是发起总攻的信号，伏有炮 3 平 6 将军的手段，红方难以应付。红方如走仕五进六，炮 3 平 6；帅四平五，炮 6 平 8；帅五平六，炮 8 进 6；帅六退一，炮 8 进 1；帅六进一，车 7 平 2；相三进一，炮 8 退 1；仕六退五，车 2 平 4，绝杀。

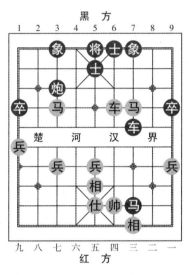

图 1 – 11

38. 马三进二　车 7 退 3

黑方退车捉马为移炮将军创造条件，红方如走马二退三，炮 3 平 6；车四平六，马 7 退 6；仕五进四，马 6 退 8；马三退四，车 7 进 7；帅四退一，车 7 平 5；下一步黑方跳马绝杀。

39. 车四平三　……

红方如改走马二退一，炮 3 平 6；车四平六，车 7 进 5；仕五进六，马 7 退 6；车六平四，黑方车 7 退 3 "捉双"。

39. ……　　　　车 7 平 6　　40. 仕五进四　马 7 退 8

41. 马二退一　车 6 进 6　　42. 帅四平五　马 8 退 6

43. 车三平六　马 6 进 7　　44. 车六平三　……

红方必须跟住黑方的马，红方如改走帅五平六，炮 3 平
4；车六平五，车 6 退 3；帅六退一，炮 4 平 8；车五平三，
炮 8 进 7；相三进一，马 7 进 6；相一退三，车 6 平 4；帅六
平五，将 5 平 4；马七进八，将 4 进 1；帅五进一，马 6 退
7；车三退四，车 4 进 4，绝杀。

44. ……　　　　炮 3 平 8　　45. 帅五平六　车 6 进 1

46. 帅六退一　炮 8 进 7　　47. 相三进一　马 7 进 6

48. 车三退六　……

红方如改走相一退三，车 6 平 4；帅六平五，将 5 平 4；
车三退二，马 6 退 7；相三进一，车 4 进 1，绝杀。

48. ……　　　　车 6 平 4　　49. 帅六平五　马 6 退 5

红方认输，因接下来红方走车三进二，马 5 进 7；帅五
平四，车 4 进 1；帅四进一，炮 8 退 1；帅四进一，车 4 平
6，绝杀。

第六局

胡荣华（胜）孟立国

图 1－12 是胡荣华与孟立国弈完第 33 回合时的局面，轮到红方走。此时红方多一个马，但各棋子受到黑方压制，必须设法打开局面，展开攻势。

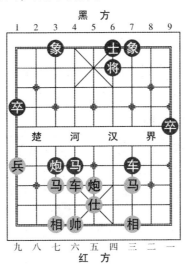

图 1－12

34. 炮五进一 ……

红方升炮邀换兼捉马，是变被动为主动的关键一着。

34. …… 马 4 退 3

黑方如改走炮 3 平 5，红方车六进一，车 7 进 1；马七进五，车7进2；帅六进一，车7退3；车六进五，士6进5；马五进七，红方很占优势。

35. 车六平四　将6平5　　36. 炮五退一　……

红方车的进攻路线畅通，准备跳出左路马攻击黑方。

36. ……　　　　车7平4　37. 帅六平五　将5平4

38. 车四进六　士6进5　39. 炮五平六　车4平7

黑方仍设法压制红方的双马。

40. 车四退三　……

红方之前不跃出右路马而移炮将军，就是为此时"退车捉马"做铺垫。

40. ……　　　　马3进5

黑方如改走马3进2，红方则车四平六，士5进4；车六平三，车7平4；马三进四，车4退3；车三进一，车4进2；马四进五将军抽车。

41. 车四平六　士5进4

42. 马三进五　……

红方弃马是妙着，绊住黑方马的腿，便于发挥炮的作用。

42. ……　　　　车7平5

43. 车六平五　车5平4

另有两种变化，如图1-13，（1）炮3平4，红方车五进四，车5平7；车五退五，将4退

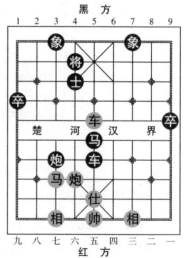

图1-13

1；马七进八，红方在兵力上占优势。（2）士4退5，红方炮六退一，车5平7；车五退一，将4退1；车五进四，象3进5；仕五进六，炮3平4；马七进八，炮4进2；马八进九，车7平3；马九进八，红方必胜。

黑方

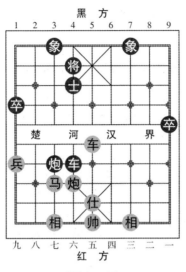

红方

图 1－14

44．车五退一

黑方认输。我们试拟"续着"如下：如图1－14，将4退1，红方车五平七，将5平5；车七进五，将5进1；炮六平五，卒9进1；马七进五，象7进5；车七退一，将5退1；马五进四，象5进7；马四进五，车4平5；车七退五，车5退3；马五进三，将5平4；车七平六，将4进1；帅五平六，车5平7；车六进四，将4平5；车六进一，绝杀。

第七局

蒋志梁（负）胡荣华

图 1-15 是蒋志梁与胡荣华弈至第 30 回合时的局面，轮到胡荣华行棋。此时红方的右路车位置欠佳，如果没有左路车防守肋线，黑方退右路炮可捉死红方的车。

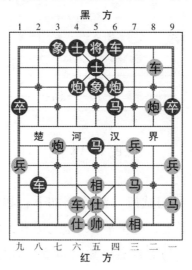

图 1-15

30. ……   马 5 进 4   31. 车六进一   车 2 平 4

32. 炮二平九   ……

红方快速为车疏通路线，如改走仕五进六，黑方炮 4 退 1 捉死红方的车。

32. ……　　车 4 退 1　　33. 车二退二　炮 6 平 7

34. 马三进四　车 4 平 1　　35. 炮九平五　车 1 退 2

36. 马一进二　车 1 平 8　　37. 车二平一　车 8 进 2

38. 马四进六　马 6 退 8

黑方守住红方的车要沉底线将军的位置，待红方马六进五踩象时，黑方车 6 进 2 困死红方的马。

39. 炮五退二　车 6 进 8　　40. 炮七退三　车 6 退 2

红方退炮逐车，免得黑方车 8 进 3 捉相。

41. 马六进五　将 5 平 6　　42. 马五退六　炮 7 进 7

黑方伏有车 6 进 3 的杀着，红方认输。红方如走相五退三，车 8 进 3；炮五平四，车 8 平 7；仕五退四，车 6 进 3；帅五进一，车 6 平 5；帅五平四，车 7 平 6，绝杀。

第八局

蔡福如（负）胡荣华

图 1-16 是蔡福如与胡荣华弈至第 31 回合时的局面，轮到胡荣华行棋。此时双方实力相当，红方阵形看似稳固，不料黑方突然挥炮轰仕，击碎红方防线。

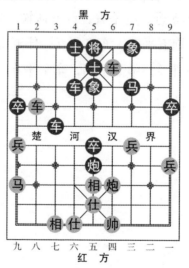

图 1-16

31. ……　　炮 5 进 2　　32. 仕六进五　……

因黑方接下来有车 4 进 7 "吃仕将军"的着法，红方必须吃炮。

32. ……　　车 4 进 6　　33. 车八退六　……

另有两种变化：（1）车八平三，车 3 进 5；帅四进一，车 3 平 5；炮四进四，车 4 平 5；帅四进一，后车退 1；帅四退一，前车退 1；帅四退一，后车平 6，绝杀。（2）帅四进一，车 3 平 8；炮四平三，车 8 进 4；帅四退一，车 4 平 5；炮三进五，车 5 平 6；车四退七，车 8 进 1，绝杀。

33. …… 车 4 平 5 34. 炮四平三 ……

红方如走车四平二，车 3 平 4；马九进八，车 4 进 5，绝杀。

34. …… 车 3 平 8 35. 马九进七 ……

红方准备车八进一换车缓解局势，如改走炮三进五，车 8 平 4；炮三平二，车 4 进 5，绝杀。

35. …… 车 5 平 7

黑方诱红方走炮三进五，车 8 进 5；相五退三，车 8 平 7，绝杀。

36. 帅四平五 马 7 进 6 37. 炮三平二 车 8 进 3

38. 车四退三 ……

红方虽多一个马，但缺仕，故黑方的双车对其威胁极大。

38. …… 车 7 平 3

黑方如急于走车 8 进 1，红方车八进一，换车后黑方取胜还需费许多周折。

39. 马七退九 ……

红方如改走马七进五，车 8 进 1；相五退三，车 3 平 5；帅五平四，车 8 平 7；相三进一，车 7 平 8；马五进四，车 5

平6；车四退四，车8进1，绝杀。

39.……　　车3平9　　40.马九进七　车8退1

41.马七进五　……

红方如改车八进一，车9进1；车四退五，车9平6；帅五平四，车8平3；仍为黑方占优势。

41.……　　车8进2　　42.相五退三　车8平5

43.帅五平四　车9平7　　44.相三进一　车7平8

红方认输。因红方接下来走相七进五，车5平6；车四退四，车8进1；相一退三，车8平7，绝杀。

第九局

胡荣华（胜）赵庆阁

图 1 – 17 是胡荣华与赵庆阁弈完第 22 回合时的局面，轮到胡荣华走。此时双方互相纠缠，但黑方左翼棋子拥挤且右翼底线空虚，是红方攻击的重点。

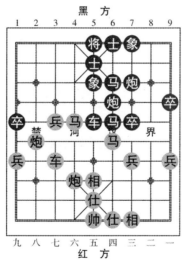

图 1 – 17

23. 马四退六　车 5 退 1

黑方退车保护炮，如改走车 5 进 1，红方炮八进五，黑方还得躲炮。

24. 前马进七　炮 7 进 4

黑方如改走车 5 平 2，红方兵七平八捉死黑方的车。

25. 马六进四　车 5 进 2　　26. 炮八进五　士 5 进 4

黑方如改走炮 6 进 2，红方炮六进七，象 5 退 3；炮六平四，象 3 进 5；炮四退四，炮 7 进 2；车七平六，士 5 进 4；车六进四，将 5 进 1；车六进二，绝杀。

27. 车七平八　……

红方看准时机，决定弃马强攻。

27. ……　　　车 5 平 6　　28. 马七进九　……

红方伏有马九进七绝杀的手段。

28. ……　　　将 5 进 1

黑方如改走（1）士 6 进 5，红方则马九进七，士 5 退 4；马七退六，将 5 进 1；车八进五，绝杀。（2）将 5 平 4，红方则马九进七，将 4 进 1；车八进五，绝杀。

29. 车八进五　将 5 退 1　　30. 车八平一

黑方认输。因接下来黑方走车 6 平 2，红方马九进七，车 2 退 5；马七退六，绝杀。

第十局

胡荣华（胜）臧如意

图 1 - 18 是胡荣华与臧如意弈完第 21 回合时的局面，轮到胡荣华走。此时红方左翼集结兵力进攻，但车和马受到黑方炮的牵制。比赛时红方果断跳马弃车进攻，以"无车"战"有车"。

22. 马六进八　炮 8 平 2

黑方如改走车 1 平 3，红方则马七进五，象 7 进 5；炮七进七，象 5 退 3；马八进七，炮 7 平 4；车八平三，红方占优势。

23. 马八进七　炮 7 平 4

24. 后马进六　士 4 进 5

黑方如改走士 6 进 5，红方则马六退五，将 5 平 6；马五进三，将 6 进 1；马七退六，士 5 进 4；马六退八，车 1 平 2；马八进七，车 2 进 1；马七

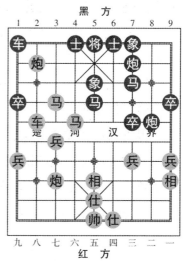

图 1 - 18

进六将军抽车，红方占优势。

25. 马六退五　将 5 平 4　　26. 马五进三 ……

红方弃车后已通过交换重新得到优势。

26. ……　　　炮 2 退 2　　27. 马一退五　车 1 进 1

28. 炮八进一　卒 1 进 1

黑方如改走炮 2 退 1，红方则马五进七，车 1 退 1；前马退五，将 4 平 5；马五退六，红方用马保护沉底炮，黑方无可奈何。

29. 马五退六　士 5 进 4　　30. 马六进四　将 4 进 1

31. 炮七平六　将 4 平 5

黑方如改走士 4 退 5，红方马四进六，炮 2 平 4；马六退八，炮 4 平 2；马七退六，炮 2 平 4；马六进八，炮 4 平 3；后马进七，士 5 进 6；炮六退二，车 1 平 3；仕五进六，绝杀。

32. 马四进三　将 5 平 6　　33. 马七退六　炮 2 退 1

34. 炮六进一　车 1 进 2

黑方如改走炮 2 平 4，红方炮八退四，炮 4 进 2；炮八平四，炮 4 进 2；炮四退三，象 5 退 3；炮六平四，绝杀。

35. 炮六平四　士 6 进 5

黑方如改走车 1 平 4，红方马三退四将军抽车。

36. 兵七进一　卒 1 进 1　　37. 兵七进一

红方不怕黑方车 1 平 3 吃兵，因红方有"马三退四，士 5 进 6；马四退六"将军抽车的手段。

至此，黑方认输。因接下来黑方走炮 2 进 4，红方相五进七，车 1 退 2；马六进四，将 6 进 1；马三退四，绝杀。

第十一局

徐健秒（负）胡荣华

图 1-19 是徐健秒与胡荣华弈至第 25 回合时的局面，轮到胡荣华走。此时红方用车压黑方的马，黑方可以退"窝心马"。但为了加快反击速度，胡荣华决定弃马冲卒，异常勇猛。

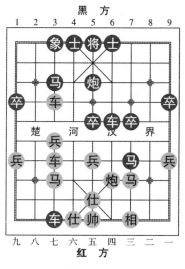

图 1-19

25. …… 卒 5 进 1 26. 车七进一 卒 5 平 4

黑方伏有"卒 4 进 1，车七平六；车 3 退 2"的手段，可补偿丢掉马的损失。

27. 炮四平六　士6进5

黑方补士巩固防线，显示出经验丰富。

28. 车七退二　……

劣着，给黑方肋线车上仕"捉双"的机会，红方可改走兵七进一，不致速败。

28. ……　　车6进3　　29. 马三退四　车6平4

30. 车七平三　卒4进1　　31. 车七平八　车3退2

32. 车三退二　车4进2

精彩！黑方弃车后直击红方命脉。

33. 帅五平六　车3进2　　34. 帅六进一　炮5平4

35. 仕五进六　车3退1　　36. 帅六退一　卒4进1

37. 帅六平五　卒4进1

黑方伏有车3进1绝杀的手段，红方认输。若红方走车八退三，卒4平5；帅五平六，车3平4，绝杀。

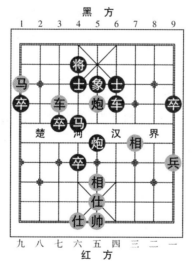

第十二局

柳大华（负）胡荣华

图 1－20 是柳大华与胡荣华弈至第 46 回合时的局面，轮到胡荣华走。此时双方对攻，红方伏有车七平六"叫杀"的手段，黑方必须抓紧时间展开进攻。

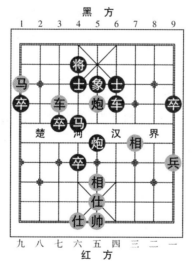

图 1－20

46. ……　　　车 6 平 8　　47. 帅五平四　马 4 进 6

黑方伏有"马 6 进 7，帅四进一；车 8 平 6，仕五进四；马 7 进 8，帅四退一；车 6 进 4 绝杀"的手段。

48. 炮五平九　……

红方解杀兼躲炮，是此时的必然着法。

48. ……　　 马6进7　　49. 帅四进一　车8进5

50. 帅四进一　炮5平3

这步棋是黑方攻守兼备的佳着，如改走车8退2，红方则马九进八，将4平5（如改走将4退1，红方则炮九进三，象5退3；车七进三，将4进1；车七平五，绝杀）；车七进二，将5退1；炮九进三，象5退3；车七进一，将5进1；车七退一，将5进1；炮九退二，士4退5；马八退七，士5进4；马七退六，绝杀。

51. 车七平一　炮3进2　　52. 相五退三　……

红方如改走仕五进六，马7进8；马九进八，将4平5；车一进二，将5退1；炮九进三，象5退3；马八退七，象3进5；马七进九，车8平6，绝杀。

52. ……　　 卒4进1　　53. 相三退五　……

红方如改走相三进五，马7进8；仕五进六，车8平6，绝杀。

53. ……　　 马7退6

黑方下一步马6进8绝杀，红方认输。

第十三局

胡荣华（胜）靳玉砚

　　图 1-21 是胡荣华与靳玉砚弈完第 21 回合时的局面，轮到胡荣华行棋。此时红方的兵过河追杀黑方的马，而黑方的卒虽已靠近"九宫"但缺乏其他棋子支援。红方仍选择从中路进攻。

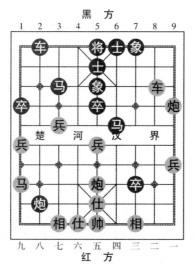

图 1-21

22. 兵五进一　卒5进1　　23. 兵七进一　马3退4

24. 马九进七　炮2进1　　25. 车二退二　车2平3

黑方准备吃兵"捉双"，先弃后取。黑方如改走马6进

7，如图1－22，红方车二平五，卒7进1；马七进六，马7进5（如改走卒7平6，红方则炮五进五，马4进5；马六进五，黑方难以应付）；相三进五，车2进8；车五平四，车2平4；炮一平五，马4进2；马六进七，马2进3；车四平八，马3退1；车八退五，车4退6；车八进七，卒7平6；车八平九，红方再沉底线车绝杀。

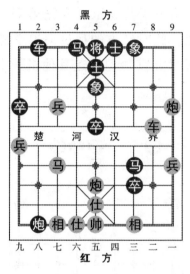

图1－22

26. 炮五平七　马6进5　　27. 炮七退一 ……

红方移炮保护兵，对黑方右路的车和马也有封锁作用。

27. ……　　　　马5退4

黑方诱红方走马七进六，车3进3；车二平五，车3进5；相三进五，车3退5，双方进入"拉锯战"。

28. 炮一平五 ……

红方弃马摆中炮，有胆有识。

28. ……　　　前马进3　　29. 帅五平四　炮2退2

黑方如改走卒7平6，红方车二平四，马4进3；兵七进一，车3平2；车四退三，将5平4；车四平七，车2进3；车七进一，车2平5；车七平八，车5平3；车八进六，将4进1；炮七平六，炮2平1；兵七平六，将4进1；仕五进六，车3平4；炮六进五，红方轰掉黑方的车，必胜。

30. 车二平四

黑方认输。因接下来黑方走炮2平6，红方则仕五进四，马4进3；兵七进一，红方"秋风扫落叶"，车携双炮对黑方车和马，必胜。

吕钦经典胜局

吕钦，广东省人，象棋特级大师，广东省象棋队教练。1986 年获全国象棋个人赛冠军，以后又在 1988 年、1999 年、2003 年、2004 年分别获得冠军，5 次获得世界象棋锦标赛个人冠军，拥有 90 多个高规格象棋赛的冠军。个人著有《吕钦棋路》等作品。

第十四局

赵国荣（负）吕钦

图 2−1 是吕钦与赵国荣对弈至第 24 回合时的局面，轮到黑方走。此时，黑方有用炮轰兵闷杀及用双车将军等手段，具备反击条件。

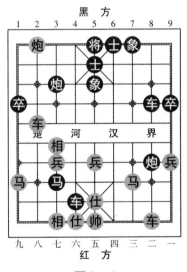

图 2−1

24. ……　　　炮 8 平 3　　25. 马九进七　炮 3 进 4

26. 相七进九　……

红方如改走相七退九，车 4 平 2；相七进五，车 8 进 6；马三退二，黑方车 2 退 4 吃车。

26. ……　　车 8 平 4

黑方伏有"前车进 1，仕五退六；车 4 进 6"绝杀的
手段。

27. 帅五平四　后车平 6　　28. 帅四平五　车 6 平 4

29. 帅五平四　马 3 进 4

黑方敢于弃马破仕，发起总攻，伏有"前车平 2，炮八
退八；炮 3 进 3"绝杀的手段。

30. 相七退五　……

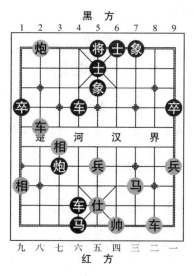

图 2－2

红方另有三种变化，如图 2－2，（1）仕五退六，前车
进 1；帅四进一，前车退 1；帅四退一，前车平 7；帅四平
五，将 5 平 4；车八退五，车 7 退 1；炮八平九，车 4 进 3；
帅五进一，车 4 进 2；帅五退一，车 7 进 1；兵五进一，车 4
平 5；帅五平四，车 7 平 6，绝杀；（2）车八退五，马 4 退

2；车二进五，后车平7；车二平八，马2退4；仕五进六（如改走炮八平九，车4进1；车八平六，车7平6，绝杀），车7进4；帅四平五，车7进2，绝杀；（3）相九退七，前车平3；相七进五（如改走相七退九，炮3进3；相九退七，车3进1；车二进五，马4退3；帅四进一，车3平7；炮八平九，马3进4；仕五退六，车7退1；帅四进一，车4进4，绝杀），炮3平1；车八退五，马4退3；帅四平五，车4平7；车二进二（如改走炮八平四，车7进4；仕五进六，车3平5；帅五进一，马3进2；黑方多一个马），车7进4；车二平三，车3平5；帅五平四，马3进2；黑方多一个马。

30. ……　　前车平5

红方弃车杀仕，精妙绝伦。

31. 马三退五　……

红方如改走车二进五，马4退5；车二平六，车5平4；帅四平五，马5进7；帅五平四，后车进1；车八平六，车4退4，黑方多车必胜。

31. ……　　马4退5

黑方伏有"车4进6，帅四进一，马5退7，帅四进一；车4退2"的绝杀手段，红方认输。红方如走车八退五，车4平6；帅四平五，马5进7；帅五平六，车6平4，绝杀。

第十五局

吕钦（胜）刘殿中

图2-3是吕钦与刘殿中弈完第29回合时的局面，轮到吕钦走。此时黑方的车捉红方的炮，并伏有"炮8平5，相七进五；车7平5，仕六进五；车8进5，车八平二；车5平1，帅五平四；车1退7"的着法，黑方可劫得一个马。但红方有持先行之利，故车入底线"叫杀"。

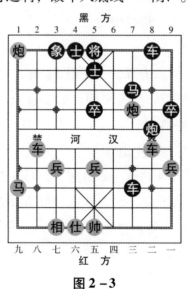

图2-3

30. 车八进五　士5退6

黑方如改走炮8平5，红方则相七进五，车7平5；仕六进五，士5退6；炮九平七，将5进1；车二进五，马7退8；车八退一，将5进1；马九进八，红方占优势。

31. 炮九平七　　将5进1

黑方如改走士4进5，如图2-4，红方则炮七平四，士5退4；炮四退九，炮8平5；车二平五，车7退4；仕六进五，车8进8；马九进八，车7进5；马八退七，车7退1；车五平六，车7平3；车六进五，将5进1；车八退一，将5进1；帅五平六，车3退1；车六退二，绝杀。

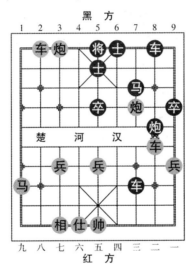

图2-4

32. 车八退一　　将5进1　　33. 炮三退一　……

红方退炮拦截黑方的炮是巧着，争取时间反击。

33. ……　　车7进2　　34. 帅五进一　车7退5

35. 马九进八　　将5平6

黑方如急于走车7进4，红方则帅五退一，炮8平5；

帅五平四，车8进5；马八进七，将5平4；车八平六，红方抢先一步绝杀。

36. 相七进五　马7进6　　37. 马八进七　……

红方又是一步弃车攻杀的妙着。

37. ……　　　车7进4　　38. 帅五退一　马6进8

39. 车八退一　将6退1　　40. 炮七退一　……

红方下一步有"马七进六，士6进5；马六退五，将6退1；炮七进一"的绝杀手段。

40. ……　　　　炮8平5

黑方如改走将6平5，红方则车八平五，将5平6；马七进六，士6进5；车五平八，将6退1；车八平四，将6平5；炮七进一，绝杀。

41. 马七进六

黑方认输。

第十六局

吕钦（胜）张申宏

图 2-5 是吕钦与张申宏弈完第 21 回合时的局面，轮到吕钦走。此时双方对攻，黑方的 7 路卒渡河捉马，但红方的人马均已在前线投入战斗，只要摆空头炮便可取得优势。

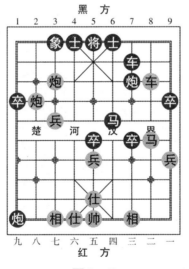

图 2-5

22. 炮八平五　将5进1　　23. 马二进三　将5平4

黑方如改走马6进4，红方则炮五退一，卒5进1；炮七进一，车7退1；车二进一，将5退1；炮七退一，马4进6；炮五进一，马6退7；炮五退一，黑方陷入被动局面。

24. 兵五进一　炮7平4

黑方如改走马6进4，红方炮五退一，士4进5；炮五平六，马4进2；马三退五，士5退4；马五进四，将4平5；炮七平三，红方吃炮占优势。

25. 马三退五　卒7平8　　26. 相三进五　车7进2

27. 炮五平八　车7平2

黑方如改走士4进5，红方则马五进七，车7进3；炮七进一，将4退1；炮八进三，象3进5；炮七进一，绝杀。

28. 车二平六　将4平5　　29. 车六平四　马6进7

黑方如改走马6退8，如图2-6，红方则车四进二，车2平5；兵七进一，卒8进1；炮七平八，车5退1；炮八退一，马8退9；车四平六，马9进7；马五进六，马7进6；马六进七，将5平6；车六退一，将6进1；炮八进一，车5进3；马七退六，马6退5；马六退五，绝杀。

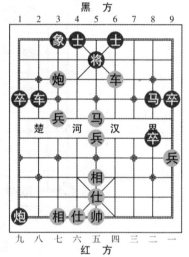

图2-6

30. 车四退四　马7进9

黑方如改走马7进8，红方则马五进六，车2平4；马六退四，将5平4（黑方如改走将5退1，红方则炮七平二，卒8平7；马四进三，将5进1；炮二进一，绝杀）；兵七进一，车4进2；炮七平二，卒8平7；兵七进一，士4进5；兵七进一，将4退1；炮二进二，绝杀。

31. 帅五平四　车2平4

黑方改走车2平5能多支撑一阵，但也是强弩之末。

32. 炮七平三

红方下一步车四进五，将5退1（如改将5进1，马五进四，绝杀）；炮三进二，士6进5；车四进一，绝杀。

黑方认输。我们拟续着如下：车4平5，车四进五；将5进1，马五进七；车5平4，车四退二，红方捉死黑方的车，红方必胜。

第十七局

吕钦（胜）张申宏

图2-7是吕钦与张申宏弈完第21回合时的局面，轮到吕钦走。此时红方的炮牵制黑方的中卒，而黑方的棋子虽多却缺乏战斗力。红方应抓住机会发起进攻。

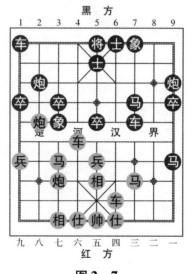

图2-7

22. 马七进五　车7平9

黑方如改走卒5进1，红方则炮八平三，象7进5；车六进二，象5进7；车六平三，象3退5；兵五进一，红方多吃黑方一个马。

23. 车六进二　马9进7　　24. 炮七平三　马7进8

25. 炮三进二　车1平3　　26. 车四进七　炮9平6

黑方如改走卒5进1，如图2-8，红方则炮八平一，炮9进2；车六平三，象7进9；车三进一，炮2退1；车四退六，车3平4；车三平一，炮9平7；车一平二，卒5平6；车四进二，马8进7；车四退二，马7退9；车二退四，红方捉死黑方的马。

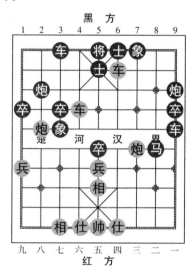

图2-8

27. 车六平五　炮2进1　　28. 车五退一　马8进9

黑方伏有"马9进7，帅五进一，马7退6"将军抽车的手段。

29. 马五进三　马9进7　　30. 帅五进一　马7退6

31. 帅五退一　象7进9　　32. 车四平五　……

在黑方的马踩车之际，红方突然弃车宰士。

32. ······　　　士6进5　　33. 马三进四　将5平4

黑方如改走将5平6，红方则车五进三，车9平8；炮三平四，车8平6；马四进二，绝杀。

34. 车五进三　马6进7　　35. 帅五进一　象3退5

36. 车五退一

黑方认输。因接下来黑方走将4进1，红方则车五进二，将4进1；炮三进三，绝杀。

第十八局

吕钦（胜）赵国荣

1999 年第十四届电视快棋赛，吕钦与赵国荣相遇，双方以起马对挺卒开局，演变成单提马对屏风马阵形。吕钦用双车占领要道，赵国荣防守也相当稳固。吕钦利用换卒时机，用车占领卒林线，企图扫荡黑方的卒，但未能占便宜，又改变策略，把右路马退至仕角，集结兵力酝酿攻势，也都被赵国荣逐一化解。正当赵国荣松一口气时，他选择跃马过河进攻，居然走出漏着，被吕钦"反杀"，赵国荣无奈认输。

1. 马八进七　　卒 3 进 1

黑方挺卒压马，符合"棋理"。

2. 炮二平四　　卒 7 进 1　　3. 马二进一　　……

黑方再次挺卒预防红方跳反宫马，红方只好改为单提马。

3. ……　　　　马 8 进 7　　4. 车一平二　　车 9 平 8

黑方伏有"炮 8 进 5"打马封车的棋，可控制局面，红方必须升起右路车。

5. 车二进四　　炮 8 平 9　　6. 车二平四　　……

红方避开换车是必然的，否则浪费太多步数。

6. …… 马2进3 7. 兵七进一 卒3进1

8. 车四平七 炮2退1 9. 相七进五 炮2平3

10. 车七平八 象3进5 11. 仕六进五 士4进5

12. 兵一进一 车8进3 13. 车九平六 卒5进1

如图2-9，双方人马均未过河，但红方的双车已露出，黑方的左路车无佳位可占，故挺中卒疏通横向路线。

14. 炮八退二 炮3退1

15. 炮八平七 车1进2

双方尚未"短兵相接"，都需要耐心等待形势的变化。

16. 兵三进一 车8进1

17. 车六进六 ……

红方首先吹响冲锋号。

17. …… 马7进6

18. 兵三进一 车8平7

19. 马一进二 炮3进7

20. 炮四平七 马6进5

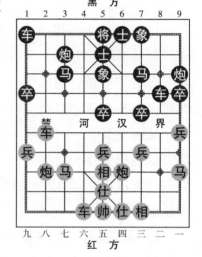

图 2-9

21. 前炮退一 车7平8 22. 车六平七 马3退4

23. 车七平一 车1平4 24. 车一平七 车4进6

25. 兵一进一 ……

红方企图通过弃兵，跳马过河换炮，削弱黑方实力。

25. …… 车8平7

黑方如改走车8平9，红方则马二进三，车9平7；马三进一，象 7 进 9；后炮平九，红方用炮轰边卒之后沉底线偷袭，黑方的右翼太空虚。

　　26. 后炮平九　炮 9 退 1　　27. 炮七平八 ……

　　黑方退炮的目的是等待红方炮打边卒，然后马 4 进 2"踩双"换炮；红方移炮防止黑方的"底线马"跳出，双方的着法针锋相对。

　　27. ……　　　马 5 退 4　　28. 车八退一　后马进 3

　　29. 炮九进一　车 4 退 3　　30. 马二退四　车 4 平 6

　　31. 马四退六 ……

　　如图 2 - 10，黑方跳马保护边卒，暂时遏制了红方边炮偷袭。红方集结全部人马，要在左翼展开进攻。

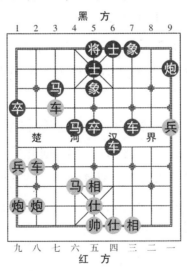

图 2 - 10

　　31. ……　　　卒 5 进 1　　32. 炮八平六　车 6 退 2

　　黑方选择换车消除压力，否则红方炮六进四，车 7 平

4；车七进一，红方多吃一个马。

33. 车七平四　马4退6　　34. 车八进三　马3进4

35. 炮六进四　马6进4　　36. 车八退一　卒5进1

37. 马六进七　卒5进1

黑方可改走马4退3，红方则车八进二，马3进5；炮九进五，车7平9；车八进二，士5退4；炮九进三，将5进1；双方对攻，可摆脱车和马被牵制的局面。

38. 相三进五　炮9平8　　39. 马七进六　……

红方伏有"车八进四，士5退4，马六进四"抽车的手段；而黑方又不能走炮8进8，否则红方相五退三，车7进5；马六进七，将5平4；车八平六，绝杀。

39. ……　　　　将5平4

黑方如改走车7平9，红方则炮九进五，车9平8；炮九退一，象5退3；炮九平六，红方轰掉黑方的马。

40. 兵一平二　……

红方弃兵拦炮，防止黑方炮沉底线将军，再用车吃相。

40. ……　　　　车7平8　　41. 炮九平六　……

红方下一步马六进五，马4进6；马五退七，炮8平3；车八进四，将4进1；仕五进六，马6进4；车八退一，红方捉死黑方的炮。

41. ……　　　　士5进4

黑方忙中出错，此时黑方应走将4平5，红方仕五进六，马4进6；车八进四，士5退4；马六进四，炮8平6；车八平六，将5进1；黑方尚可周旋。

42. 车八进四　将 4 进 1

黑方如改走象 5 退 3，红方则车八平七，将 4 进 1；马六进四，象 7 进 5；马四进二踩炮。黑方不能走车 8 退 3，否则红方车七退一抽车。

43. 车八平五

红方下一步伏马六进八绝杀，黑方无解，只好认输。

第十九局

赵国荣（负）吕钦

1999 年第十四届电视快棋赛，赵国荣与吕钦相遇，第一局由赵国荣先行，双方演变成中炮巡河炮横车对屏风马的阵形，中局阶段吕钦突然弃马踏相，且有小卒过河，之后又用右路炮沉底线，取得攻势。赵国荣处处被动，最终失利。

1. 炮二平五　马8进7　　2. 马二进三　车9平8

3. 兵七进一　卒7进1

红方先出车，黑方也可走炮 8 平 9 形成"三步虎"阵形，但吕钦首局比较谨慎，仍准备走屏风马。

4. 马八进七　马2进3　　5. 炮八进二　马7进8

黑方跳马封车，红方如走兵三进一，卒 7 进 1；炮八平三，车 1 进 1；车九平八，车 1 平 7；相三进一，马 8 进 7；双方对攻。

6. 马七进六　象3进5　　7. 车一进一　车8进1

8. 车一平四　车1进1　　9. 车九进一　炮2退2

10. 炮五平六　炮2平3

双方都是封闭式布局，打阵地战。红方用车控制右肋，黑方的车为了寻找出路，把右路炮退至"象位"，让出"车

1平2"的通道。

　　11. 相七进五　车1平2　　12. 车九平八　马8进7

　　13. 炮八退一　炮8平7　　14. 炮八平七　马7进5

　　如图2－11，在平稳的局势中，吕钦突然弃马踏相，粗看并没有占便宜，但红方的盘河马退回实在不舒服，右路的马和相又受到黑方7路炮的威胁，整个阵形结构处于被动。黑方多马但失势，双方各有顾忌。

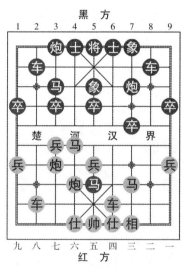

图2－11

　　15. 车八进七　车8平2　　16. 马六退五　卒7进1

　　17. 兵七进一　马3退1

　　黑方退马是巧着，可把右路炮调出来助战。

　　18. 车四进五　炮3进4　　19. 车四平三　炮7退1

　　20. 相三进一　……

　　红方也可走车三退二，炮3平7；车三平四，前炮进5；

仕四进五，黑方的车在右翼，孤炮沉底威胁不大。

20. ……　　　炮 3 平 2　　21. 车三退二　……

红方让黑方的炮沉底不明智，应改走炮七平八，炮 2 平 5；相一进三，炮 7 进 4；车三退二，车 2 进 5；车三平五，红方是可以周旋的。但红方此步走"车三退二"后彻底失势。

21. ……　　　炮 2 进 5　　22. 仕六进五　炮 2 平 1

23. 帅五平六　车 2 进 8　　24. 帅六进一　炮 7 平 2

如图 2 - 12，黑方的炮移至右翼，形成"四子归边"，只要能让后方的马和炮奔赴前线，红方只能束手就擒。

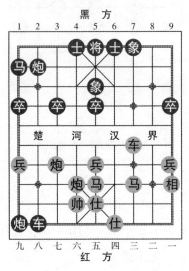

图 2 - 12

25. 炮七进一　车 2 退 1　　26. 帅六退一　车 2 退 3

黑方此步棋的目的是防止红方"炮七平九"用炮换马。

27. 炮六进四　卒 3 进 1　　28. 炮七退二　车 2 进 2

29. 炮六平七　卒 3 进 1

眼看黑方的卒过河，红方更被动，又不能走车三平七吃卒，否则黑方炮 2 平 3，车七平六；炮 3 进 6，黑方轰掉红方的炮。

30. 马三进二　士 4 进 5　　31. 马二进三　炮 2 平 4

32. 帅六平五　卒 3 平 4　　33. 后炮退一　车 2 进 2

34. 仕五退六　车 2 退 6　　35. 仕六进五　车 2 平 3

36. 车三平六　炮 4 平 2

黑方吃炮后，仍有攻势，红方只有招架之力却无还击之法。

37. 仕五进四　车 3 平 2　　38. 帅五进一　炮 1 退 1

39. 帅五退一　车 2 进 6

红方本可走马五退六，但见大势已去，而且比赛时间快用完，故无心恋战，认输。

第二十局

吕钦（胜）胡荣华

1999 年第十四届电视快棋赛，吕钦与胡荣华争夺冠军，第一局吕钦先走，他用中炮过河车冲中兵阵形猛攻，双方进行混战，紧张刺激，犹如在悬崖上的殊死搏斗，吕钦用炮轰象从中路突破，终于攻陷"王府"。

1. 炮二平五　马8进7　　2. 马二进三　车9平8

3. 车一平二　马2进3　　4. 兵七进一　……

胡荣华摆出屏风马阵形，准备应对"五七炮"，吕钦改变计划而挺七路兵。

4. ……　　　卒7进1　　5. 车二进六　炮8平9

6. 车二平三　炮9退1　　7. 兵五进一　士4进5

8. 兵五进一　炮9平7　　9. 车三平四　卒7进1

黑方冲7路卒对攻，是当时流行的着法。

10. 马三进五　卒7进1　　11. 马五进六　车8进8

黑方准备把车移至"2路"压马，还有"塞相眼"的作用，属于强劲着法，如改走马3退4，红方则兵五进一，马7进8；兵五平六，炮2平5；仕四进五，红方弃车后攻势更凶。

12. 马八进七　象3进5　　13. 马六进七　车1平3

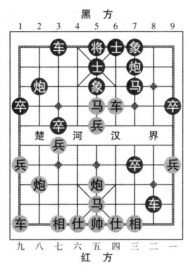

14. 前马退五　卒3进1

黑方弃马抢先手，红方如走兵七进一，马7进5；炮五进四，炮7进8；仕四进五，车3进4，黑方有强烈攻势。

15. 马七退五　……

如图2－13，红方的马未受到攻击，却退至"窝心"位置，目的是保住底相。这是一步怪着，采用者不多。

图 2－13

15. ……　　　卒3进1　　16. 炮八平六　炮2退1

17. 车九平八　……

红方亮出车，黑方双卒过河，双方必是一番恶战。红方必须发挥中路优势，抓紧进攻。

17. ……　　　炮2平4　　18. 炮六退一　车8退4

19. 车四退二　马7退9　　20. 兵五平四　卒3进1

21. 前马退三　……

红方移兵退马，防守中蕴含进攻，伺机挂角将军，把马的威力发挥到极致。

21. ……　　　　马9进7　　22. 马三进四　炮7平6

23. 兵四平三　车8退1　　24. 马四退五　……

红方的马占据棋盘中心，八面威风。至此，黑方如走炮6平7，红方兵三进一，炮7进2；马五进四，绝杀。

24. ……　　　　车8平4　　25. 炮五进五　……

如图2-14，红方趁黑方的车掩护肋线之机，用炮轰象从中路突破。

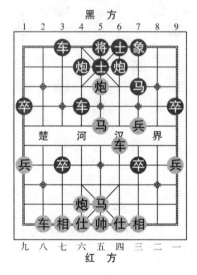

图 2-14

25. ……　　　　士5进6

黑方如改走将5平4，红方则后马进六，车4平5；车四平七，车3平1；马六进七，车5平4；马七进八踩"双车"。

26. 车四进三　车 4 进 5　　27. 车四进一　马 7 进 5

这步棋黑方的目的是防止红方走马五进四的凶着。

28. 车八进八　马 5 进 7　　29. 后马进三　卒 7 进 1

30. 仕四进五　……

红方弃马化解危机，补仕巩固阵形，前线的双车、马、炮已有足够的攻击力。

30. ……　　　车 4 退 5　　31. 帅五平四　卒 7 平 6

32. 车四退六　象 7 进 5　　33. 车四进七　将 5 进 1

34. 车四平七　车 4 平 6　　35. 仕五进四　马 7 进 8

36. 仕六进五

红方的双车和马已杀入黑方"王府"，黑方认输。

第二十一局

吕钦（胜）李来群

1999 年第十届银荔杯赛，吕钦与李来群弈和，双方加赛快棋，由吕钦先行。这是最后一轮，吕钦必须取胜才能得到冠军，他在中炮直横车对屏风马两头蛇的布局中使出边炮突袭的新招，在混乱中顺手牵羊，终于摘取桂冠。

1. 炮二平五　　马 8 进 7　　2. 马二进三　　车 9 平 8

3. 车一平二　　卒 7 进 1　　4. 车二进六　　马 2 进 3

5. 马八进七　　卒 3 进 1　　6. 车九进一　　炮 2 进 1

7. 车二退二　　象 3 进 5

吕钦在第 5 回合不挺七路兵而是跳马，很容易形成中炮直横车对屏风马两头蛇阵形，这是广东队研究的布局。

8. 兵三进一　　卒 7 进 1

9. 车二平三　　马 7 进 6

10. 车九平四　　炮 2 进 1

11. 车四平二　　士 4 进 5

12. 兵七进一　　卒 3 进 1

13. 车三平七　　车 1 平 4

如图 2 - 15，李来群在第

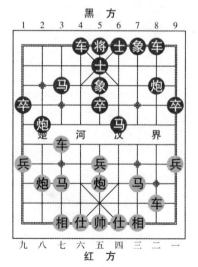

图 2 - 15

11 回合没走当时流行的右路横车而是补士，这决定了形成目前的局面。面临弃马抢攻的变化，红方如走车七进三，炮 8 平 3；车二进八，炮 3 进 7；仕六进五，车 4 进 8；黑方右翼有强烈攻势，而红方的车无法回来救援。通常认为红方并不合算，所以红方没吃马。

14. 炮八平九　……

炮移边路是吕钦在重要关头使出的新招，在后来的局势发展中，这步棋成为改变局势的重要手段。

14. ……　　　车 8 进 1　　15. 炮五平四　马 3 进 4

16. 炮四退一　炮 8 进 2　　17. 相七进五　……

这步棋是防止黑方马 6 进 5，马七进五；马 4 进 5，马三进五；炮 8 平 5 将军抽车。

17. ……　　　车 8 平 7　　18. 马三进四　炮 8 平 7

19. 炮九进四　……

红方边炮出击，局势发生变化。

19. ……　　　炮 7 进 3　　20. 炮四进一　车 7 进 5

21. 车二平八　马 4 进 5

红方实现之前设计的移车捉炮、边炮轰卒等计划。黑方的马踏兵会有损失，但如改走炮 2 平 3，红方炮四进三，炮 3 平 6；马四进六，车 4 进 4；炮九进三，红方形成"车炮抽将"之势，黑方更难应对。

22. 马七进五　炮 2 平 5　　23. 炮四进三　车 7 平 5

24. 仕六进五　炮 7 退 2　　25. 车七进二　车 5 平 7

26. 相三进一　炮 7 平 8　　27. 车七平五　炮 8 进 4

28. 相一退三　车7进3　　29. 车五退一　车7退3

30. 相五退三　车7进3　　31. 仕五进六　……

黑方弃炮连续攻击，奋力拼搏，并未能扭转劣势。

31. ……　　　　车7退6　　32. 仕四进五　车7平1

33. 车五平八　车1平7　　34. 帅五平四

红方有摆中炮及沉底线车强行换车的棋，黑方少一个马，认输。

第二十二局

徐天红（负）吕钦

1999 年第十五届象棋电视快棋赛，吕钦与徐天红在第二轮相遇，第一局双方和棋，第二局徐天红以飞相开局，吕钦挺卒，双方火药味不浓，但徐天红在行棋过程中，不知不觉把双车调至左侧，造成右翼空虚，吕钦迅速集结兵力攻其薄弱处，待徐天红调动兵马防守时，吕钦又改为左右夹击，最终取胜。

1. 相三进五　卒7进1　　2. 马八进九　马8进7

3. 马二进四　……

我们通常认为肋线马易受攻击，但黑方已挺起 7 路卒，红方准备弃三路兵出相位车，以便尽快"亮剑"。

3. ……　　　象7进5　　4. 兵三进一　卒7进1

5. 车一平三　卒7平6　　6. 车三进六　炮8退2

7. 车三平四　士6进5　　8. 车四退二　……

虽然黑方飞象使左路马"生根"，但红方仍然弃兵出车，并吃掉黑方的过河卒。

8. ……　　　炮8平6　　9. 炮二平四　卒1进1

10. 马四进二　马2进1　　11. 马二进三　车9平8

红方费了一些步数调运右路马到"河沿"，但左路马受到抑制。

12. 炮四进七　车 8 平 6　　13. 车四平五　……

红方避免换车是为了下一着挺边兵换卒，却造成自己右翼空虚，故此步棋还是换车更好。

13. ……　　　　车 1 进 1　　14. 兵九进一　卒 1 进 1

15. 车五平九　车 1 平 4　　16. 仕四进五　马 7 进 8

17. 炮八平六　马 1 进 2

黑方用炮封住红方的车，红方很被动。

18. 前车进二　车 4 进 3　　19. 前车平八　炮 2 平 4

20. 炮六进五　士 5 进 4　　21. 马九进八　车 4 平 7

22. 车九进五　车 6 进 4

如图 2-16，虽然红方的左路车杀出，但双车和马拥挤在一处，对黑方不构成威胁，而右翼只有一个马防守。所以黑方集结优势兵力直击红方右翼。

23. 马三退四　马 8 进 7

24. 相五进三　车 7 平 8

红方担心黑方的马从边线切入"卧槽"，故先飞相防御，但右翼空虚的问题并未解决。

25. 车九退三　马 2 进 4

红方为了保护马而退车，放松对黑方马的牵制。黑方趁势跳马过河助战。

26. 马八进七　车 6 平 3

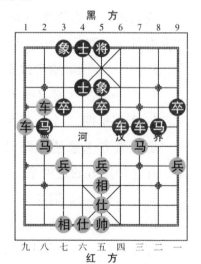

图 2-16

27. 马七进八　士4退5　　28. 车八平六　马4进2

由于红方顽强防守，黑方侧翼的攻势尚未奏效，于是黑方用右路马从另一侧直奔"卧槽"，构成左右夹击之势。

29. 车九平八　车3进2　　30. 车六平五　……

由于黑方无炮，只能靠车和马攻击，力度稍弱，必要时还需小卒助战。红方为了防黑方车3平5"扫兵"，选择主动吃卒，其实不如走车六退三换车稳健。

30. ……　　　车3进3

如图2－17，黑方顺手牵羊杀相，为以后进攻创造条件。至此，红方不能走车八进一吃马，否则黑方车8进5，仕五退四；车8平6，帅五平四；车3平4，马四退五；马7进8，帅四进一；车4退1，绝杀。徐天红也是机警，此时选择防守，但已是无力回天。

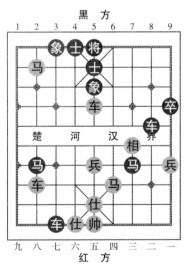

图 2－17

31. 车五平六　马2退3　　32. 马八退七　车3退3

33. 马四退六　车3退1　　34. 车六平三　车3平4

35. 车八平三　车4进3　　36. 车三进一　车8进5

37. 仕五退四　车4平6　　38. 仕六进五　马3进4

　　黑方下一步车6平5，帅五平六；车8平6，绝杀，红方无法挽救，只好认输。吕钦赢得此局，进入半决赛。

第二十三局

卜凤波（负）吕钦

1999 年中视股份杯总决赛，卜凤波与吕钦相遇，双方第一局弈和，第二局由卜凤波先行，他使出擅长的"五九炮取双卒"变例，形成"红方多兵对黑方有势"的局面。由于这局棋决定进入四强赛的名额，双方争夺激烈。尽管卜凤波摆出坚固的阵形，吕钦以无坚不摧之势从左、中、右三面进攻，志在必得。

1. 炮二平五	马 8 进 7	2. 马二进三	车 9 平 8
3. 车一平二	卒 7 进 1	4. 车二进六	马 2 进 3
5. 兵七进一	炮 8 平 9	6. 车二平三	炮 9 退 1
7. 马八进七	士 4 进 5	8. 炮八平九	炮 9 平 7
9. 车三平四	马 7 进 8	10. 车九平八	车 1 平 2

11. 炮九进四 ……

红方用炮轰边卒属于冷门着法，但卜凤波对此深有研究。本局十分重要，所以卜凤波拿出看家本领。

11. …… 卒 7 进 1

黑方先冲卒，之后红方有移车拦炮的棋。黑方如先走炮 7 进 5 轰兵瞄相，则有不同变化。

12. 炮五进四 象 3 进 5 13. 车四平三 马 8 退 9

14. 车三退二　炮2进6

如图2-18，红方多三个兵，但人马排列散乱；黑方兵马占据位置较好，双方各有顾忌。

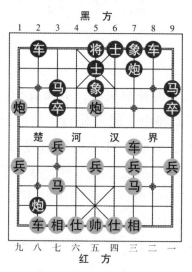

图2-18

15. 炮五平六　……

红方躲炮，防止黑方卒3进1"捉双"。

15. ……　　　车8进8　　16. 相七进五　马3进5

17. 仕六进五　马5进7　　18. 车三平四　马7进8

尽管红方严密防守，黑方跃出的右路马直奔"卧槽位"，在夹缝中找到攻击机会。

19. 炮六退四　车2进3　　20. 炮九退二　……

黑方升车并非为捉炮，因为换炮后让红方的车杀出对黑方不利。其实黑方是为了拦炮以便跃出边马助战。

20. ……　　　炮2退2　　21. 兵五进一　……

红方此步棋防止黑方炮2平7，帅五平六；车2进6，马七退八；前炮进3，相五退三；炮7进8，帅六进一；马8退6踩车。

21. …… 　　马8进7　　22. 车四退三 ……

红方如改走帅五平六，黑方炮2平4，绝杀。

22. …… 　　马9进7

黑方少卒不宜持久战，必须动员全部兵力强攻，已无退路。

23. 兵三进一　马7进8　　24. 马三进二　车8退3

通过交换，黑方解决了车和马被牵制的问题，反而用"卧槽马"牵制红方的车。

25. 炮六退一　车8进1　　26. 兵一进一 ……

赛后卜凤波说：此步棋应改走车四平三，炮7进7；炮六平三，用车换红方的马和炮，争取求和。但当时多兵，希望取胜，没往和棋方向考虑。

26. …… 　　车8平3　　27. 车八进二　马7退8

28. 车四进七　车3平4　　29. 车八退一　炮7进1

30. 车四退二　车4平3　　31. 车八进一　车3平4

32. 车八退一　炮2进1

黑方伏有"炮2平5"轰相将军抽车的手段。

33. 炮九平八　炮2平1　　34. 兵七进一　车4平3

35. 兵七进一　车2进1

黑方不吃兵是明智的，保持对红方左翼的牵制，如吃兵换车则局势缓和。

36. 马七退九　车 3 平 1　　37. 车四平三　炮 7 平 9

38. 车三平六　车 1 平 3　　39. 车八进一　炮 1 退 2

40. 兵五进一　炮 9 进 3

如图 2－19，黑方由此发起总攻，红方此时只能挨打。

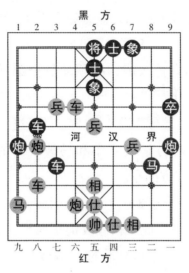

图 2－19

41. 兵三进一　车 3 进 2　　42. 马九进七　炮 9 平 5

黑方完成了从左、中、右三面包抄的"三角进攻"，伏有"车 3 进 1，马七退六，马 8 进 6"绝杀的手段。

43. 马七进五　车 3 进 1　　44. 仕五退六　车 3 退 3

45. 仕六进五　……

红方如改走炮六进二，马 8 进 6；帅五进一，马 6 退 7；黑方仍能捉住红方的马。

45. ……　　　　车 3 平 5　　46. 帅五平六　车 5 平 3

47. 炮六平八　炮 5 平 4　　48. 帅六平五　车 3 进 2

49. 帅五平六　马8退7

黑方顺便吃兵，伏有"马7进6，帅六平五；车3平4，车六平四；马6退5"等攻击手段。

50. 车八进一　马7进6　　51. 车八平四　车3平2

52. 炮八退一　前车进1　　53. 帅六进一　炮1进1

54. 炮八退一　炮1退6　　55. 车六退二　后车进3

56. 车四平九　炮1平4　　57. 车六平七　后车退3

红方已陷入绝境，故认输，如红方走仕五进四，后车进4；帅六进一，前车平4，绝杀。

第二十四局

吕钦（胜）卜凤波

2000 年翔龙杯快棋赛第三场，卜凤波首局战胜吕钦，第二局由吕钦先行，双方演变成中炮过河车冲中兵对屏风马移炮换车的局面，卜凤波选择了跃马弃炮，飞马过河夺车的激烈变式，但不成功。由于卜凤波贪吃吕钦的相，形成"低头车"，吕钦趁机跃马进攻，赢得此局。

1. 炮二平五　马 8 进 7　　2. 马二进三　车 9 平 8

3. 车一平二　卒 7 进 1　　4. 车二进六　马 2 进 3

5. 兵七进一　……

红方也可走马八进七，卒 3 进 1；车九进一，形成中炮直横车对屏风马两头蛇阵形。由于黑方之前挺 7 路卒，对此局面有所准备，所以红方仍挺七路兵，意图转为强攻布局。

5. ……　　　炮 8 平 9　　6. 车二平三　炮 9 退 1

7. 兵五进一　士 4 进 5　　8. 兵五进一　……

吕钦之前已输掉一局，本局压力很大，所以连续冲中兵发动猛攻。

8. ……　　　炮 9 平 7　　9. 车三平四　卒 7 进 1

10. 马三进五　……

红方继续贯彻强攻的策略，其实另有"兵三进一"的走法，但攻击力太弱。

　10. ······　　卒 7 进 1　　11. 马五进六　车 8 进 8

　12. 马八进七　······

黑方伏有"车 8 平 2"压马的手段，红方跳马，保留更多变化，如走马六进七，演变下去容易成和棋。

　12. ······　　　象 3 进 5

如图 2 － 20，黑方飞象巩固防线，如现在就急于跃马弃炮，容易吃亏。例如，黑方改走马 7 进 8，红方车四平三，马 8 进 6；车三进二，马 6 进 4；仕四进五，马 4 进 3；帅五平四，马 3 进 1；马六进七，卒 5 进 1；前马进五或车三平四，红方都有强烈的攻势。

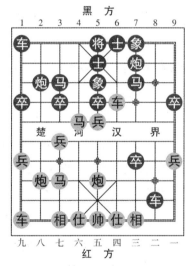

图 2 － 20

　13. 马六进七　车 1 平 3

　14. 前马退五　马 7 进 8

　15. 车四平三　马 8 进 6

黑方已飞象巩固中路防线，此时选择跃马弃炮表明对后方极为放心。

　16. 车三进二　······

红方如改走车三退三，炮 7 进 8；车三退三，马 6 进 4；仕四进五，马 4 进 3；帅五平四，马 3 进 1；黑方还是完成了跃马"卧槽"夺车的计划。

16. …… 马 6 进 4 17. 仕四进五 ……

红方不能走炮五平六，否则黑方马 4 进 6，绝杀。

17. …… 马 4 进 3 18. 帅五平四 马 3 进 1

19. 车三退五 ……

黑方实现"将军抽车"的计划，但目前红方有"中兵"过河，此局面应为红方略占优势。

19. …… 车 8 退 3

黑方伏有"车 8 平 6，炮五平四；马 1 退 2，车三平八；炮 2 平 4，车八退一；车 6 平 5"捉死红方兵的着法，这样黑方易走。

20. 兵五平六 马 1 退 2 21. 炮五平八 车 8 平 3

黑方贪吃兵略显随意，此步棋可改走车 8 平 5，红方则马五退六，炮 2 平 4，红方失去先手。

22. 马七进六 车 3 进 4

如图 2 - 21，黑方麻痹大意，以为局势平稳，随手吃红方的相，由此陷入劣势。此着黑方应改走炮 2 平 4，红方则车三平八，炮 4 进 3；相七进五，炮 4 进 1；车八平六，黑方有许多"谋和"机会。

23. 炮八平五 炮 2 平 4

24. 车三平四 炮 4 进 3

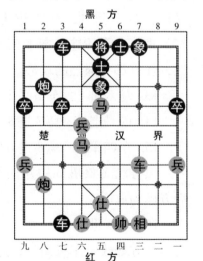

图 2 - 21

25. 马五退六　将5平4　　26. 马六进四　……

黑方的双车都处于"低头"的位置，红方趁机展开攻击。

26. ……　　　象5进7

黑方飞象防马，如改走前车退4，红方则炮五平六，将4平5；马四进二，黑方难以应付。

27. 车四平六　车3进2

黑方如改走象7进5，红方则兵六平七，将4平5；马四进六，红方伏有"挂角马"绝杀的手段。

28. 车六平八　象7进5

黑方可移车牵制红方的马，多支撑一阵儿。

29. 炮五平二　后车退2　　30. 马四进三　象5退7

31. 炮二进七　前车退4

黑方无奈丢士，如改走将4平5，红方车八进五，士5进6；车八平四，黑方更难走。

32. 马三进五　车3平6　　33. 帅四平五　车3进1

34. 车八进六　将4进1　　35. 炮二退一　车6退4

36. 马五退六　车6平8　　37. 马六进七

红方形成必胜残局，黑方认输。

第二十五局

徐天红（负）吕钦

2000 年第十一届银荔杯赛，徐天红与吕钦进行快棋赛，徐天红先行。在挺兵转中炮对卒底炮飞象阵形中，徐天红采用冲中兵盘头马的新着法，而吕钦沉着应战，伸士角炮换马破坏其连环马，让徐天红在探索新思路的过程中碰了钉子。

1. 兵七进一　　炮 2 平 3　　2. 炮二平五　　象 3 进 5

3. 马二进三　　车 9 进 1　　4. 车一平二　　车 9 平 2

黑方不冲卒，抓紧出左路车，牵制红方的炮。

5. 马八进七　　马 2 进 4

黑方如改走车 2 进 5，红方车九平八，车 2 平 3；马三退五，马 8 进 9；炮八退一，车 3 平 2；马七进六，红方扩大先手。

6. 车九进一　　……

当时流行的着法是炮八平九，现在徐天红标新立异出横车，准备移至肋线牵制黑方的马，但红方左路马"无根"和左路炮被牵制的弱点有待解决。

6. ……　　　　马 8 进 9　　7. 兵五进一　　士 4 进 5

8. 马三进五　　……

如图 2－22，红方挺中兵跳盘头马，企图从中路突破，但黑方的马坚守肋线，能够与红方抗衡。

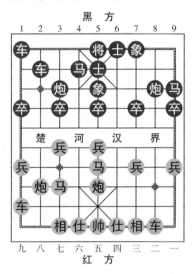

图 2－22

8. ……　　　　炮 8 平 6　　9. 车九平六　炮 3 退 2

黑方退炮至底线，准备炮 3 平 4 瞄准红方的车，同时还可以车 1 进 2 保护象。

10. 兵五进一　卒 5 进 1　　11. 车二进四　炮 6 进 5

黑方伸炮牵制了红方的盘头马，从而减缓其进攻速度。

12. 车六进四　车 1 进 2　　13. 车二平六　车 1 退 1

14. 前车平五　卒 3 进 1

针对红方左路马的弱点，黑方展开强攻。

15. 车六平四　炮 6 平 3　　16. 马五退七　卒 3 进 1

17. 车五平七　……

红方也可走车四平七，车 2 平 3；车七进四，车 1 平 3；

马七进六，炮3进9；仕六进五，炮3平1；仕五进四，双方对攻。

17. ……　　　马4进5

18. 车七退一　……

败着，徐天红只看到黑方的马不敢吃车，没考虑黑方换车抢先手的棋，此着应改走车七平五，马5退3；炮八平九，红方尚可支撑。

18. ……　　　车2平3　19. 车七进四　车1平3

红方认输，因接下来红方走车四进二，车3进6；车四平五，车3平2；黑方多一个马，必胜。

第二十六局

吕钦（胜）黄海林

2001 年翔龙杯快棋赛第二轮第一场，吕钦与黄海林首局弈和，第二局由吕钦先行，双方演变成五九炮过河车对屏风马换车阵形，吕钦走出进车捉炮的变式，又退车捉炮，突然弃兵发奇招，又移车支援七路兵，此车纵横天地，八面威风。

1. 炮二平五　　马 8 进 7　　2. 马二进三　　车 9 平 8

3. 车一平二　　马 2 进 3　　4. 兵七进一　　卒 7 进 1

5. 车二进六　　炮 8 平 9　　6. 车二平三　　……

红方如选择换车则局面平淡，变化较小。本局双方要决胜负，所以红方选择移车压马。

6. ……　　　　炮 9 退 1　　7. 马八进七　　士 4 进 5

8. 炮八平九　　车 1 平 2　　9. 车九平八　　炮 9 平 7

10. 车三平四　　马 7 进 8

11. 车四进二　　……

红方进肋线车捉炮是当时比较流行的走法，吕钦对此变例很有研究。

11. ……　　　　炮 7 进 5　　12. 相三进一　炮 2 进 4

13. 马七进六　　……

面对黑方的双炮过河进攻，红方以往多采用挺中兵的着法，例如：兵五进一，卒7进1；相一进三，炮7平3；兵五进一，卒5进1；马七进五，车8进3；马五进六，车8平4；马六退七，车4进3；双方势均力敌。现在吕钦未采用流行走法，而是选择左路马盘河的罕见变着，有攻其不备的意图。

13. ……　　马8退7

黑方退马保护中卒，同时为车让出通道，下一步用骑河车捉马对攻，是较好的应着。

14. 仕四进五　……

红方补仕巩固防线，为挺中兵再退车捉炮创造条件，防止黑方走"炮2平5"将军，或炮2退1"打串"。

14. ……　　车8进5　　15. 兵五进一　车8平5

16. 车四退五　……

黑方进车捉马，红方退车捉炮，双方由此展开对攻。

16. ……　　　炮2进1

17. 兵七进一　……

如图 2 - 23，吕钦弃兵，突发奇招，以便移车吃炮时，诱黑方跃出左路马"踩双"。例如黑方走卒3进1，红方则车四平三，马7进6；车三平八，车2进6；马六退八，炮2

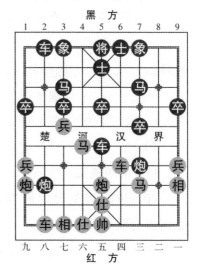

图 2 - 23

平7；炮八平三，象7进5；马八退六，红方占优势。

17. ……　　车5平4

黑方如改走卒3进1，红方车四平三，车5平4；车三进二，车4退3；马三进五，红方控制局面。

18. 车四平三　……

正着，红方如误走兵七进一，炮2平7；车八进九，马3退2；炮九平三，马7进8；红方有损失。

18. ……　　卒7进1　　19. 车三平七　……

这是红方之前弃兵时预设的着法，可攻击黑方的右路马而保持先手。红方如改走相一进三，卒3进1；红方的攻势延缓。

19. ……　　卒3进1　　20. 车七进二　车4退3

黑方如改走车2进2，红方马三进五，伏有"马五退七，炮2平5；相七进五，车2进7；车七进二，车2退2；马七进六，车2平1；车七平三"的手段。

21. 马三进五　卒7平6

22. 车七进一　车2进6

23. 马五进七　炮2平3

24. 车八进三　炮3退4

25. 马七进八　……

如图2－24，尽管黑方多

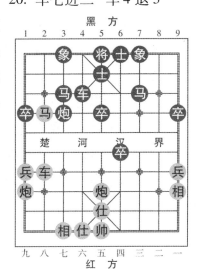

图 2－24

两个卒，但主力部队行动不便，红方的人马占位较好，有较多攻击手段。

25. ……　　　马7进6　　26. 车八平七　马6进4

劣着，导致丢炮，应改走车4进1保护炮，还有一些复杂变化，例如红方走炮九平六，卒6平5；炮六退一，车4进5；车七进三，马3退4；马八进七，车4退7；炮五进四，象7进5；炮五退一，伏有"马七退六"的攻着，红方占优势。

27. 炮五平六　马4进6

黑方弃炮实属无奈，如改走车4平8，红方车七进三，马4退3；马八进七，将5平4；炮九退一，下一步重炮绝杀。

28. 车七进三　……

红方多吃一个炮且控制局面。

28. ……　　　马6进4　　29. 仕五进六　卒5进1

30. 仕六退五　马3退4　　31. 马八进七　车4退1

32. 马七退六　象3进1　　33. 炮九平六　士5进4

34. 马六进四　车4平6　　35. 马四退五

黑方被围困，只能坐以待毙，故认输。

第二十七局

吕钦（胜）柳大华

2001 年翔龙杯快棋赛第三轮半决赛，吕钦与柳大华相遇，第一局由吕钦先行，双方演变成中炮直横车对屏风马两头蛇阵形，吕钦突然弈出新变着，出其不意挺中兵。柳大华措手不及，在慌乱之中陷入劣势。

1. 炮二平五　马 8 进 7　　2. 马二进三　卒 7 进 1

3. 车一平二　车 9 平 8　　4. 车二进六　马 2 进 3

5. 马八进七　卒 3 进 1　　6. 车九进一　炮 2 进 1

7. 车二退二　象 3 进 5　　8. 兵三进一　……

红方的车退至河口，必须挺兵换卒才能为马打开进攻道路，以消除两头蛇对红方马的抑制作用。但此步棋先挺三路兵或七路兵则有讲究，效果是不同的。例如红方改走兵七进一，炮 8 进 2；车九平六，士 4 进 5；车六进七，车 1 平 3；兵三进一，双方形成"四兵相见"的对峙局势。现在吕钦先挺三路兵，这是他比较喜欢的走法。

8. ……　　　卒 7 进 1

早期曾出现升炮保卒的走法，即炮 2 进 1，兵七进一；炮 8 进 2，车九平六；双方形成"四兵相见"的局面，红方有优势。黑方为了避开此种变化，便选择冲卒换兵。

9. 车二平三　马7进6　10. 兵五进一 ……

如图 2 – 25，当时流行的着法是车九平四，炮2进1；车四平二，双方形成对峙局面。现在吕钦挺中兵是创新着法，前所未见，在快棋赛中能起到出奇制胜的作用。

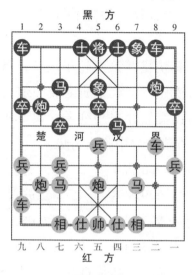

图 2 – 25

红方的意图是再冲中兵，切断黑方右路炮与左路马的联系，再用车捉马。例如黑方走士4进5，红方则兵五进一，卒5进1；车九平四，马6退8；车三进二"捉双"。

10. ……　马6进4

柳大华面对前所未见的新局面，临场找不到正确的应着。为了避免红方车的攻击，他主动跳马过河，却正中红方的圈套。此着黑方应改走炮2进1保护马，并监视河界，预防红方小兵入侵。

11. 兵五进一　马4进5

红方弃马冲兵是本局新变着的精华所在。柳大华属于攻击型选手，擅长弃子取势，所以不愿吃马，故选择踏炮。黑方如改走马4进3，红方则兵五进一，后马进5；马三进四，马3退5；炮五进四，士4进5；车三平二，车1平4；炮八平五，接下来红方有"车九平八"捉炮的先手。

12. 炮八平五　卒5进1　　13. 车九平二　士4进5

黑方如欲消除红方中炮的威胁，改走炮2平5，红方则马七进五，车1进1；炮五进三，车1平8；马三进四，士6进5；马四进五，马3进5；车二进五，马5退3；车三进三，红方控制局面。

14. 车二进五　炮2退2　　15. 马三进五　车1平4

16. 兵七进一　炮2平3　　17. 兵七进一　炮3进3

18. 马七进八　……

黑方的车和炮被牵制，难以施展，红方未选择走炮五平二轰马，而是保持中路的攻势。

18. ……　　　车8进1

19. 马八进七　车4进6

20. 马五退三　车4平3

21. 相七进九　炮3平2

如图2－26，红方有"马踏中卒"的攻着，黑方可沉底炮对攻，所以红方先移车

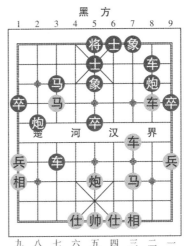

图 2－26

拦炮。

22. 车三平八　车8平7　　23. 马七退五　车7进1

黑方不能走车7进6，否则红方马五进四，将5平4；车二平六，绝杀。

24. 马三进四　炮2平3　　25. 马五进六　将5平4

26. 马四进五　……

红方的双马在棋盘中心盘旋，有广阔的活动空间，"天马行空"，八面威风。

26. ……　　　炮3平5　　27. 炮五平六　马3进4

28. 车八进五　将4进1　　29. 马六退五

接下来，红方有"前马进三"吃车的着法，黑方认输。第二局双方弈和，柳大华被淘汰，吕钦进入决赛。

第二十八局

王斌（负）吕钦

2001 年世界象棋挑战赛，吕钦与王斌加赛快棋决胜负。王斌采用少见的五六炮挺中兵攻法，但吕钦未走常规的"窝心炮"反击，另辟蹊径，补中炮，后发制人，布局效果很好。

1. 炮二平五　马 8 进 7　2. 马二进三　车 9 平 8

3. 车一平二　卒 7 进 1　4. 车二进六　马 2 进 3

5. 兵七进一　……

王斌个人比较喜欢挺七路兵的布局。

5. ……　　　炮 8 平 9　6. 车二平三　炮 9 退 1

7. 炮八平六　车 1 平 2　8. 马八进七　炮 2 平 1

9. 兵五进一　……

红方选择"五六炮"，必然会造成左路车晚出，但王斌计划挺中兵发动攻势来弥补这个缺点。"五六炮"阵形属于稳健型布局，现在王斌将其转为强攻型。

9. ……　　　马 3 退 5

如图2-27，面对红方中路的攻势，以往黑方多走炮9平7，车三平四；炮7平5，炮六退一；马7进8，车四退三；黑方的实战效果并不理想。吕钦尝试窝心马的着法，伏有"炮9平7瞄车"及"炮1平5补中炮"等手段，反击力较强。

10. 炮五进四 ……

红方炮打中卒，虽可化解黑方用炮瞄车的凶着，但也削弱了自己的中路攻势，有得有失。红方如改走兵五进一，炮1平5；兵五进一，炮5进5；相七进五，炮9平7，黑方有机会捉死红方的车！

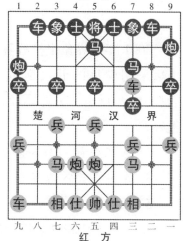

图 2-27

10. …… 马7进5

11. 车三平五 车8进6

黑方进车是佳着，吃兵压马之后，可牵制红方双马和炮的活动。

12. 炮六进三 炮1平5 13. 炮六平五 炮5进2

14. 兵五进一 ……

红方中兵过河，但缺炮，兵种结构不理想。

14. …… 车8平7 15. 马三进五 炮9进5

16. 马五进六 象7进5

黑方补象是稳健着法，便于跳出"窝心马"。此步棋黑方如改走车7进3，红方则车五平一，炮9进3；仕六进五，车 7 退 2；车一退六，车 7 平 3；车一进四，黑方无便宜可占。

17. 相七进五　炮 9 退 2　　18. 仕六进五　马 5 退 7

19. 车九平六　……

红方伏有"马六进七"踩车将军的绝杀着法。

19. ……　　士 6 进 5　　20. 车五平七　……

红方弃兵杀卒，有点可惜，此时可改走马七进五，马 7 进 6；兵五平四，保持过河兵的优势，再伺机吃卒。

20. ……　　炮 9 平 5　　21. 车七平五　马 7 进 6

22. 马六进八　车 2 进 2　　23. 兵七进一　……

红方的七路兵渡河助战，黑方不敢走象 5 进 3 吃兵，因红方有"马八进六"将军踩炮的着法。

23. ……　　卒 7 进 1

24. 兵七平六　马 6 进 7

25. 车五退一　车 2 进 1

26. 车六进四　车 7 平 3

27. 马七进五　……

如图 2 - 28，双方交换后黑方多一个卒，但红方已无攻势，之后跳盘头马是漏着，被黑方巧退马踩车得子。

27. ……　　马 7 退 6

28. 马五进七　……

红方如改走车五退一，卒

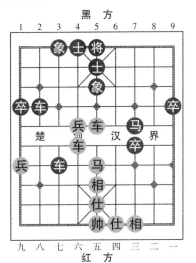

图 2 - 28

7 平 6；车五平四，车 3 平 5；黑方也能以卒换马。

28. ……　　　车 2 进 6　　29. 仕五退六　马 6 进 5

30. 兵六平五　卒 7 进 1　　31. 车六进二　卒 9 进 1

32. 车六平九　……

黑方有一个卒过河，红方很难防守。

32. ……　　　卒 7 进 1　　33. 车九平二　卒 7 进 1

34. 马七进六　卒 7 平 6

黑方的小卒闯入"九宫"，看准红方不能快速绝杀，经验很足。

35. 车二进三　象 5 退 7

黑方如改走士 5 退 6，红方马六进四，将 5 进 1；车二退一，绝杀。

36. 车二平三　士 5 退 6

红方认输。因接下来红方走马六进四，将 5 进 1；车三退一，将 5 进 1；马四进二，卒 6 进 1；帅五平四，车 2 平 4；帅四进一，车 3 进 2；帅四进一，车 4 平 6；黑方抢先一步绝杀。

第二十九局

吕钦（胜）黄海林

2001 年"派威"排位赛第一场，吕钦与黄海林相遇，双方演变成五八炮对反宫马阵形，吕钦跳右路马换车，直奔"卧槽"位置，在右翼展开攻击，但未能突破对方防线。于是，吕钦先用车在对方左翼骚扰，又返回右翼牵制对方的马，战术灵活，最终实现了"吃马"的目的。

1. 炮二平五　马 2 进 3　　2. 马二进三　炮 8 平 6

3. 兵三进一　……

红方估计黑方要走反宫马阵形，抢先挺兵，否则黑方有可能先挺 7 路卒。不过当前这种走法，黑方也会跳边马，形成单提马局面。

3. ……　　　卒 3 进 1　　4. 马八进九　象 3 进 5

5. 车一平二　马 8 进 7　　6. 炮八进四　……

由于黑方飞右象，红方采取"五八炮"攻法能较好地掌握先手，用过河炮轰卒之后，对黑方的底象有威胁。

6. ……　　　卒 7 进 1　　7. 兵三进一　象 5 进 7

8. 车二进六　……

如图 2-29，红方的车过河，企图压制黑方的马。黑方如走马 7 进 6，红方则马三进二，马 6 进 4；车九进一，士 4 进 5；车九平六，红方的双车都出动，仍持先手。

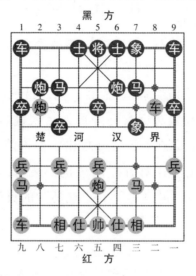

图 2-29

8. …… 　　车 9 进 2　　9. 车九进一　士 4 进 5

10. 车九平六　象 7 退 5　　11. 马三进二　……

红方控制黑方马的出路，接下来有"车二平三"和"马二进四"踩马的手段，采用逐步推进的策略。

11. ……　　车 9 平 8　　12. 马二进四　……

红方巧跳马，不但争得速度，而且形成"马奔卧槽"之势。

12. ……　　车 8 进 1　　13. 马四进二　车 1 平 4

14. 车六平四　……

红方避免换车以求更多变化，如急于走马二进三，炮 6

退1；车六平四，炮2退1；黑方可抗衡。

14. ……　　　车4进4　　15. 兵九进一　马3进2

16. 仕六进五　……

现在红方补左仕暂无问题，之后红方的车还会转至左翼，吕钦在防守方面是非常严谨的。

16. ……　　　车4退1　　17. 炮八平五　将5平4

18. 车四进三　马2退3　　19. 马二进四　马3进5

黑方如改走士5进6，红方则炮五退一，士6退5；车四平八，仍为红方持先手。

20. 马四退五　将4平5　　21. 车四平八　……

如图2－30，红方之前从右翼攻击未成功，现在移到左翼，声东击西。

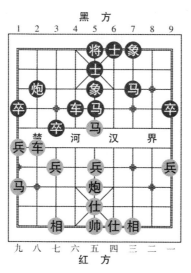

图 2－30

21. ……　　　炮2平3　　22. 马五退三　马5进4

23. 炮五平四 ……

红方卸炮，避免让黑方的马换掉，保持攻击状态。

23. …… 士 5 退 4 　 24. 兵五进一 炮 3 退 1

25. 炮四平六 ……

红方挺兵绊黑方马腿之后，移炮的目的是赶走黑方的马；黑方落士是为了疏通炮的路线，欲移炮至 7 路瞄马。

25. …… 马 4 退 5 　 26. 车八进四 炮 3 平 9

27. 车八平三 ……

红方的车表面在左翼捉炮，真正的目的是移到右翼牵制黑方的马。至此，黑方的双马不能动，而面临红方"兵五进一"的攻击着法，实在难以应付。

27. …… 车 4 进 2 　 28. 马三进四 炮 9 进 5

29. 车三退一 炮 9 平 5 　 30. 帅五平六

红方多一个马，黑方认输。

第三十局

黄海林（负）吕钦

2001 年"派威"排位赛第一场，黄海林首局败于吕钦，第二局黄海林凭先行之利，摆当头炮冲中兵猛攻，志在必得。吕钦以"屏风马移炮换车，并冲 7 路卒过河"的着法应对。黄海林使出"窝心炮"的新变着，把局面引向复杂变化。双方杀得难分难解，黄海林冲兵深入敌军腹地，多吃一个炮，但稍不留神，被吕钦"小卒入宫"挖去中心仕，瞬间陷入被动。

1. 炮二平五　　马 8 进 7　　2. 马二进三　　车 9 平 8

3. 车一平二　　卒 7 进 1

吕钦先挺 7 路卒，有意迎接红方的过河车，从而消除了红方走"五七炮"的可能性。

4. 车二进六　　马 2 进 3　　5. 兵七进一　　……

红方也可走马八进七再出横车，两者相比，黄海林较喜欢挺七路兵的变化。

5. ……　　　　炮 8 平 9　　6. 车二平三　　炮 9 退 1

7. 兵五进一　　士 4 进 5　　8. 兵五进一　　……

红方连续冲中兵，反映出黄海林奋力拼搏，希望赢回一局的决心。

8. ……　　炮 9 平 7　　9. 车三平四　卒 7 进 1

10. 马三进五　……

红方不吃卒而跳"盘头马"，继续贯彻强攻的战术。红方如走兵三进一，车 8 进 6；黑方的车控制兵林线，红方的攻势减缓。

10. ……　　卒 7 进 1　　11. 马五进六　车 8 进 8

黑方伸左路车对攻，伏有"车 8 平 2"压马的着法。黑方如改走马 3 退 4，红方兵五进一，红方的中路攻势更猛烈。

12. 炮五退一　……

如图 2 - 31，红方退窝心炮是当时出现的新战术，便于飞相弥补右相的弱点，但主力部队出动速度会减慢，而且窝心炮本身的位置也非久留之地，此战术有一定的风险性，关于它的评价还有待于实战中的检验。

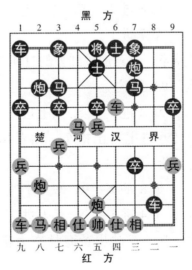

图 2 - 31

12. ……　　　象 3 进 5　　13. 兵七进一 ……

此时选手通常走马六进七，车 1 平 3；马七退五，卒 3 进 1，黑方弃子得势，红方过河马的位置欠佳。现在红方送七路兵是新变着，等待黑方走卒 3 进 1，红方则马六进七，车 1 平 3；炮八平七，使黑方的"象位车"陷入被动。红方的马可随时踩掉黑方的士。

13. ……　　　马 3 退 4　　14. 兵七进一　车 1 平 3

15. 马八进七 ……

黑方出"象位车"提兵，红方刚好跳马应对，等待黑方车 3 进 3，红方马七进八，踩车打炮。

15. ……　　　卒 5 进 1　　16. 炮八退一　车 8 退 2

17. 炮八平七　马 7 进 8　　18. 车四平三　炮 2 退 1

红方巧运炮保护兵，也便于出左路车，还可冲兵强攻。黑方用"担子炮"坚守，伏有马 8 进 6"踩双"，再马 6 进 4 踩炮的棋，咄咄逼人。

19. 马七进八　车 3 平 2　　20. 相七进五　卒 7 平 6

黑方如改走马 8 进 6，红方则车三退二，马 6 退 4；马八进六，黑方没有后续手段。

21. 兵七进一　卒 6 进 1　　22. 兵七进一　车 8 平 7

黑方不吃兵而选择换车，加强对攻之势。黑方也可改走炮 7 平 3，红方炮五进四，马 8 进 6；车三退二，马 6 进 4；马八退六，车 8 平 4；马六进八，仍属红方易走。

23. 车三退三　马 8 进 7　　24. 兵七平八　马 4 进 2

25. 炮五进四　马 2 进 4　　26. 炮五进一　卒 6 进 1

27. 仕四进五　马4进3　　28. 车九平八　车2进3

黑方跃马升车、捉炮捉马、展开反击，都在之前弃炮的计划之中。

29. 炮五平七　炮7进8　　30. 相五进七　……

红方只注意黑方右路马过河攻击，忽略了黑方小卒强行杀中心仕的攻着，给黑方可乘之机。此时红方应走车八进二保护相，尚可与黑方周旋。

30. ……　　　卒6平5

如图2-32，黑方小卒吃仕突破红方帅的"禁卫军"防线，出乎红方意料。红方不能吃卒，否则丢车。

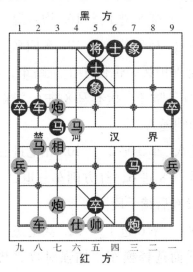

图2-32

31. 帅五平四　卒5平4　　32. 车八进三　……

红方如随手走炮七进四并无对换的效果，黑方有卒4平5杀回中心的棋，红方的仕吃卒则丢车。

32. …… 马 7 退 5　　33. 后炮进四　象 5 进 3

34. 车八平五　炮 7 平 4

红方不宜走车 2 进 2，否则红方车五进一，红方的过河马有许多攻击手段，故设法换掉此马为上策。

35. 车五进一　炮 4 退 5　　36. 炮七平五　象 3 退 5

37. 相七退九　炮 4 平 6　　38. 相九退七　炮 6 退 2

39. 马八进六　车 2 平 4　　40. 马六退七　车 4 进 3

41. 马七进八　……

如图 2－33，交换后红方虽多一个马，但黑方小卒的威力大增，配合车和炮强攻，至此已成为重要角色。

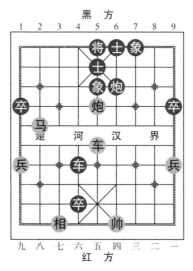

图 2－33

41. …… 车 4 平 6　　42. 帅四平五　车 6 平 9

43. 炮五平四　……

红方如改走帅五平四，车 9 进 3；帅四进一，车 9 退 5 "叫杀"得马。

43. ……　　车 9 进 3　　44. 炮四退六　卒 4 进 1

45. 帅五进一　……

红方也可走帅五平六，车 9 平 6；帅六进一，车 6 退 5；这样也是黑方必胜局面。

45. ……　　车 9 平 6　　46. 马八进六　炮 6 退 1

47. 车五平八　车 6 平 5　　48. 帅五平六　卒 4 平 3

红方认输，因接下来红方走车八进五，象 5 退 3；车八平七，士 5 退 4；马六进四，车 5 平 4；绝杀。

第三十一局

胡荣华（负）吕钦

2001 年"派威"排位赛第一场，胡荣华首局战胜吕钦，第二局由胡荣华先行，他摆出中炮过河车进七路兵的阵形，吕钦决定对攻，故采用屏风马左路马盘河出横车的冷门着法，出其不意。双方脱离棋谱的流行着法，自由发挥。胡荣华已赢一局，略显保守；吕钦背水一战，越战越勇。

1. 炮二平五　马 8 进 7　　2. 马二进三　车 9 平 8

3. 车一平二　卒 7 进 1

黑方先挺 7 路卒，说明有很足的信心进行反击。

4. 车二进六　马 2 进 3　　5. 兵七进一　马 7 进 6

左路马盘河比移炮换车更富有攻击性，但吕钦平时很少这么走，这次是想要出其不意。

6. 马八进七　车 1 进 1

黑方出右路横车属于冷门着法，容易引起激烈变化。吕钦选择此着，背水一战，也打乱了胡荣华的布局思路。

7. 炮八进四　象 7 进 5　　8. 炮八平五　马 3 进 5

9. 炮五进四　士 6 进 5　　10. 车九平八　车 8 平 6

如图 2-34，黑方出贴身车，既摆脱了车和炮被牵制的局面，又保护盘河马，以便冲卒反击。

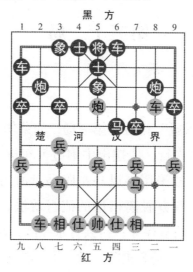

图 2-34

11. 车二平三　车 1 平 4　　12. 仕六进五　车 4 进 5

13. 相七进五　车 4 平 3

黑方迅速进车过河威胁红方的马，力图争先手。

14. 马七退六　卒 3 进 1　　15. 兵七进一　马 6 进 4

黑方挺卒并非为了换兵，而是为"马奔卧槽"开拓路径，如红方走车八进四，马 4 进 2；仕五进六，马 2 进 3；黑方有攻势。

16. 车八进二　马 4 进 2　　17. 兵七平八　车 3 退 3

黑方伏有"马 2 退 4，兵八平七；车 3 平 5"换车吃炮的手段。

18. 炮五平六　车 6 进 4

红方移开中炮，黑方的肋线车得以解脱。

19. 兵五进一　车6平2　　20. 马三进五　炮8进5

黑方选择主动攻击，使红方坐立不安。

21. 相五进七　炮8退1　　22. 马五退六　……

红方退马防马，如改走兵三进一，车2平4；车八平七，车4退1，黑方多吃一个炮。

22. ……　　　车2平6

黑方如改走车2平4，红方炮六平五，车3平5；车三平五，炮2进5；前马进八，黑方占不到便宜。

23. 车八平二　炮8退4　　24. 车二平七　炮8平6

黑方做好防守，为移车"捉双"创造条件。

25. 车七进一　马2退3　　26. 车七平六　……

红方如改走前马进八，马3进5；车七平六，炮2平4；炮六平五，车6平5；黑方伏有挂角马将军绝杀的手段，故而可趁红方防守之时吃掉红方的炮。

26. ……　　　炮2平4

如图2-35，红方的炮被牵制，只好躲车。

27. 车六平五　车6平4

28. 前马进七　车4退1

29. 车三平六　车3平4

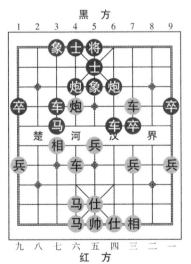

图 2－35

混战中，黑方多吃一个炮。

30. 兵五进一　炮 6 平 8　　31. 马六进八　炮 8 进 2

32. 马七进九　马 3 进 1　　33. 兵九进一　车 4 平 2

34. 马八退六　炮 4 平 1　　35. 马六进七　炮 1 进 3

36. 兵五进一　车 2 进 4　　37. 车五平七　炮 8 进 2

38. 兵三进一　卒 7 进 1　　39. 相七退五　卒 7 平 6

红方认输，因红方走车七平二，车 2 平 3；形成黑方必胜残局。

第三十二局

吕钦（胜）聂铁文

2002 年"派威"排位赛第一场，吕钦与聂铁文对弈，吕钦摆出五七炮进攻，聂铁文采用右路炮过河再后退巡河的新变着。吕钦一方面用右路车兼顾攻守，另一方面挺七路兵发起进攻，为边马跃出创造条件。红方的边马过河后大显威风，最后与黑方换马造成黑方的车"无根"，红方明显占优势。

1. 炮二平五	马8进7	2. 马二进三	马2进3
3. 车一平二	车9平8	4. 马八进九	卒7进1
5. 炮八平七	车1平2		
6. 车九平八	炮2进4		
7. 车二进四	象3进5		
8. 兵九进一	……		

红方挺边兵与巡河车配合，伏有"车二平八，车2进5；马九进八，炮2平1；炮七平九，再车八进三捉死黑方炮"的手段。

8. …… 炮2退2

如图 2－36，黑方退炮避

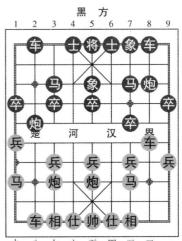

图 2－36

免被困，同时还伏有"马 7 进 8 瞄车"争先手的棋，这是一步新变着。

9. 车八进四　马 7 进 8　　10. 车二平一　炮 8 平 7

11. 车一进二　……

必要时红方可走车一平三，对黑方的炮有牵制作用。

11. ……　　士 4 进 5　　12. 兵七进一　……

这步棋是抑制黑方右路马的佳着。

12. ……　　马 8 进 7　　13. 车一平三　炮 7 平 6

14. 炮七进四　……

红方找到了进攻的途径，即冲七路兵送吃，然后跳边马踩炮，再过河踩炮，开展连续进攻。

14. ……　　车 8 进 8　　15. 兵七进一　……

事不宜迟，红方如改走炮五平三，炮 2 平 5；仕六进五，车 2 进 5；马九进八，解决了右路马被袭击的问题，但左翼的攻击计划不能实现。

15. ……　　车 8 平 7　　16. 马三退五　炮 2 退 1

黑方如改走象 5 进 3，红方马九进七，炮 2 退 1；马七进六，象 7 进 5；马六进七，炮 6 平 3；炮五平八，车 7 平 6；炮八退一，车 6 退 1；相七进五，黑方的炮难逃。

17. 马九进七　象 5 进 3　　18. 马七进六　象 7 进 5

19. 车三平四　……

稳健着法，红方先守住肋线，再徐徐图之。

19. ……　　马 7 进 5　　20. 相七进五　车 7 平 8

黑方用马换炮，避免红方换马之后再卸炮夺黑方的炮。

21. 兵五进一　卒7进1　　22. 兵五进一　卒7进1

红方冲中兵有利于突破黑方的防线，黑方如改走卒5进1，红方则马六进七，炮6平3；炮七平九，炮2退1；车四平八，炮2进3；车八进三，士5退4；车八退五，红方多吃一个炮。

23. 马六进七　炮6平3　　24. 炮七平九

至此，黑方超时被判负，红方胜。从局面上看也是红方占优势，因黑方如走卒5进1，红方则车四平八，车2进3；车八进二，炮3平1；车八退三，红方多一个马，可在持久战中逐渐蚕食黑方。

第三十三局

吕钦（胜）徐天红

2002 年"派威"排位赛第二场，吕钦与徐天红相遇，双方演变成五七炮双直车对屏风马右路炮封车阵形，吕钦冲中兵吃底象，挑起战火，接着跃右路马踏中象，形成空头炮，展示出新变例；徐天红沉着应战，攻守兼备。双方杀得难分难解，惊心动魄。

1. 炮二平五	马 8 进 7	2. 马二进三	车 9 平 8
3. 车一平二	马 2 进 3	4. 马八进九	卒 7 进 1
5. 炮八平七	车 1 平 2	6. 车九平八	炮 2 进 4
7. 车二进四	炮 8 平 9	8. 车二平四	车 8 进 1
9. 兵九进一	车 8 平 2		

红方挺边兵准备跳出边马困住黑方的炮，黑方"联车"保持过河炮封车的威力。

10. 兵三进一	卒 7 进 1	11. 车四平三	马 7 进 8
12. 兵五进一	……		

吕钦很喜欢挺中兵的攻法，曾以此着战胜闫文清。此时吕钦如直接进车吃象，黑方走炮 9 平 7，红方的中兵未挺起，不能跳盘河马。

12. ……　　　象 3 进 5

如图 2－37，黑方补哪边的象是有讲究的，如改走象 7 进 5，红方则车三平二，马 8 退 6；炮七进四，前车平 7；车八进二，马 6 进 7；仕六进五，红方伏有"车二进三捉炮再炮七进三轰象"的手段。

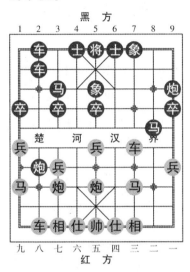

图 2－37

13. 兵五进一　卒 5 进 1　　14. 车三进五　……

红方明知黑方有移炮困车的手段，仍决定吃象，准备试用新战术，胸有成竹。

14. ……　　炮 9 平 7　　15. 马三进四　……

以往在类似局面中红方均走相三进一，目前红方已无"黑方用炮打中兵"的顾虑，于是试用跃马交换的新着法，而黑方显然不宜走马 8 进 6 换马。

15. ……　　　炮 2 平 9

黑方用炮轰边兵也属于高明着法，诱红方车八进八，车2进1；马四进二，炮9平5；炮五进三，象5退7；马二进三，车2进3；炮五退一，车2平7；炮七进四，炮5平7；黑方有车战无车。在快棋中，双方都有复杂的变化，形势是比较紧张的，而总体判断，红方丢车不利于进攻。

16. 马四进六 ……

如图2-38，红方先跳马与先换车的变化是不同的。例如，红方改走车八进八，车2进1；马四进六，炮9平5；炮五进三，象5退7；炮七进四，将5进1；马六进七，将5平4；炮七平六，炮7平5；黑方用炮牵制红方的中炮不能移动，黑方占优势。

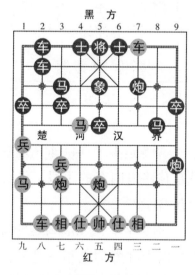

图2-38

现在红方先跳马就不同了，例如，黑方走炮9平5，红方则炮五进三，象5退7；炮七进四，将5进1；马六进七，炮7平4；马七进八吃车，红方占优势。

16. ……　　　前车进 8　　17. 马九退八　车 2 进 4

此时黑方仍不能改走炮 9 平 5，否则红方炮五进三，象 5 退 7；炮七进四，将 5 进 1；马六进七，将 5 进 1；马七进八踩车。

但黑方可改走车 2 进 9，红方马六进五，士 4 进 5；对攻中黑方多吃一个马。徐天红棋风稳健，没敢吃马。

18. 马六进五　炮 9 平 5　　19. 炮五进三　士 4 进 5

黑方不能走车 2 平 5，否则红方马五进七，将 5 进 1；车三退一，绝杀。

20. 马五退七　……

红方不能走马五退六，炮 7 平 5；马六进七，车 2 平 5；车三退三，马 8 进 6；车三平七，车 5 平 6；车七平五，马 6 进 7；炮七平四，车 6 进 3；帅五进一，车 6 退 2；帅五进一，前炮平 8；车五平二，车 6 平 5；帅五平四，炮 5 平 6；黑方多吃一个炮，必胜。

20. ……　　　马 3 进 5　　21. 马八进九　炮 5 退 1

22. 马九进八　车 2 退 2

红方的双马连环又保护双炮，但底线车"低头"难以发挥作用，因红方只要车三平二移开，黑方就有炮 7 进 4"叫杀"的威胁。

23. 马八退六　……

若黑方走马 8 进 7，红方则马六退四踩炮且保护相。

23. ……　　　炮 5 进 1　　24. 马七进五　……

如图2-39，红方跳中路马加强攻击力，若黑方如仍按原计划走马8进7，红方则马五进七，将5平4；炮七平六，马5退4；炮五平六，马4进3；马六进五，炮5平4；马五进六，马3退4；车三平四，士5退6；马六进四，绝杀。

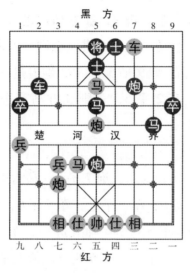

图2-39

24. ……	车2进5	25. 马五进七	将5平4
26. 炮五进三	炮5退5	27. 炮七平五	马5退4
28. 仕六进五	炮5平3	29. 炮五平六	……

红方未用"低头车"配合马和炮的攻势，而是挥炮砸士，至此，红方伏有"车三平四"的绝杀着法。

29. ……	将4平5	30. 炮六进六	车2进2

软着，黑方应直接走炮3进8，红方若走马六进五，炮3平1；帅五平六，车2进2；帅六进一，车2退7；黑方占优势。徐天红此着失误，给了吕钦对攻的机会。

31. 相三进五　炮 3 进 8　　32. 马六进五　炮 3 退 1

黑方如改走炮 3 平 6，红方则仕五退六，炮 6 平 4；马五进四，将 5 进 1；炮六退一，双方对攻。

33. 炮六退八　车 2 退 7　　34. 炮六进三　马 8 进 6

35. 炮六平四　马 6 退 4

黑方如改走马 6 进 8，红方则炮四平五，将 5 平 4；车三平四，将 4 进 1；车四退一，将 4 退 1；炮五平六，双方对攻。

36. 炮四平二　炮 7 平 8　　37. 兵七进一　炮 3 退 2

黑方接下来走炮 3 平 5，红方帅五平六，炮 8 平 4；马五进六，车 2 平 4；黑方向胜利迈进一大步。

38. 炮二平六　车 2 平 5　　39. 车三退四　炮 8 进 7

40. 相五退三　炮 8 退 4

速败着法，黑方应改走马 4 进 5。

41. 马五进六

黑方认输，因黑方走将 5 平 4，红方则车三平六，将 4 进 1；车六平二，将 4 平 5；车二进三，绝杀。

此局，双方在第 39 回合时仍难分胜负，但徐天红之前在第 30 回合时的优柔寡断造成小错，影响了后期的心态；又在第 40 回合疏忽，酿成大错，被吕钦"借马为炮架"强攻巧胜，可惜可叹。

第三十四局

吕钦（胜）许银川

2002 年"派威"排位赛第二场决赛，许银川先胜吕钦一局，第二局由吕钦先行棋，双方演变成挺兵转中炮对卒底炮右路象阵形，吕钦选择"炮打双卒"的变例，取得多兵的优势。许银川以过河卒为诱饵，布下陷阱，不料吕钦将计就计，弃马抢攻，取得较大先手。

1. 兵七进一　炮 2 平 3　　2. 炮二平五　象 3 进 5

3. 马二进三　卒 3 进 1

红方先挺兵再转为中炮，表明其进攻意图；黑方冲卒属于反击性较强的走法，以对攻的姿态抑制红方攻势。

4. 车一平二　卒 3 进 1　　5. 马八进九　车 9 进 1

6. 仕六进五　……

红方如改走炮五进四，士 4 进 5；虽然可以阻止黑方"横车过宫"，但黑方下一着马 2 进 4 捉炮，之后车 9 平 6 也可以亮出车。

6. ……　　　　车 9 平 4　　7. 炮五进四　士 4 进 5

8. 炮五平一　马 8 进 9

红方的炮能连取双卒，是因之前支仕，黑方不存在车 4 进 6 "捉双"的手段。

9. 车二进四　　卒3进1

黑方如改走车4进4，红方则炮八进二，车4平8；炮八平二，马2进4；车九平八，红方伏有"兵三进一捉卒"的手段。

10. 炮八进二　　炮8平7

如图2-40，黑方冲卒诱红方的马踩，然后黑方出左路炮轰兵"叫杀"吃马，这是一个"谋子"计划。

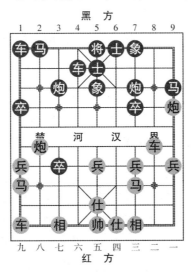

图2-40

11. 马九进七　　炮7进4　　　12. 相七进五　　炮7平3

13. 车二平七　　前炮平4　　　14. 车九平六　　……

红方洞察一切，跳马踏卒并非中计，而是将计就计，弃马抢先手。目前，红方的棋子活跃，双车分别牵制黑方的双炮，又有跳右路马盘河踩炮的棋，很占优势。

14. ……　　　　车1进2

黑方升车保护炮，便于移开肋线炮时可以换车。

15. 炮八退二 ……

红方退炮并非为了保护马，而是给车让出通道，捉死黑方的马。

15. …… 车4进1 16. 马三进四 炮4平9

17. 车六进七 士5进4 18. 马四进六 ……

红方伏有"马六进八瞄马踩士"的棋，同时也可"跳卧槽叫将抽车"，攻势凌厉。

18. …… 炮3进2 19. 炮八进四 ……

红方伏有"炮八平五，将5平4；炮五平六，士4退5；车七进一"的杀法。红方攻法紧凑，黑方难得喘息。

19. …… 士6进5 20. 炮八平五 将5平6

21. 车七平四 将6平5 22. 车四平八 马2进4

23. 车八进四 ……

如图2-41，红方的车先移至右肋将军，再折回左翼捉马，左右闪击。至此，黑方的马插翅难逃。黑方如走马4进2，红方则马六进七，将5平6；马七退八，车1退2；车八退一，黑方仍丢马。

23. …… 车1平2

24. 车八平七 将5平6

25. 炮五平六 ……

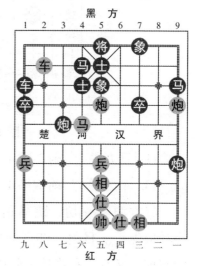

图 2-41

红方移炮是巧着，不急于车七平六吃马形成"低头车"，怕黑方炮9平1集结车和双炮对攻。

25. ……　　　车2退2　　　26. 兵九进一　炮3平2

27. 炮六进二　炮2进5　　28. 炮一平九　……

红方用炮打卒顺便守住"九路"底线，防止黑方炮2平1形成"抽将"。至此，红方已经占优势，但欲取胜，仍须努力。

28. ……　　　炮9退2　　　29. 车七退四　将6平5

30. 炮六平九　马9进8　　31. 马六进七　车2进2

32. 前炮进一　……

红方集结车、双炮、马从左翼进攻，牵制了黑方的车，使其毫无战斗力，而黑方棋子分散，形不成配合。

32. ……　　　车2平1　　　33. 前炮平八　象5进3

34. 炮九退一　马8退9

35. 炮九平一　车1平3

36. 炮八平三　……

如图2－42，双方换马后局面有所缓解，但黑方少卒缺象的弱点难以弥补，红方的攻势转移到右翼。

36. ……　　　炮2平1

37. 仕五进六　车3平2

38. 车七进一　车2进7

39. 帅五进一　车2退1

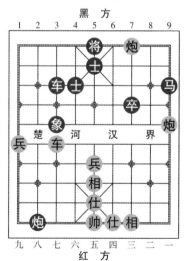

图 2－42

40. 帅五退一　车2进1　　41. 帅五进一　炮1平6

42. 车七平二　……

红方置车于黑方的马蹄下，准备进车抓马。黑方的马不敢踩车，因红方可沉炮形成绝杀。

42. ……　　　车2退1　　43. 帅五退一　车2平9

44. 车二平八　炮6退7　　45. 炮一平七　车9平3

46. 炮七退一　……

红方的车停在河界上，严密防守，等再返回右翼边线捉黑方的马时，黑方已难应付。

46. ……　　　炮6退1　　47. 车八平一　马9退7

48. 车一平四　炮6进1　　49. 炮三退三

黑方见大势已去，认输。

徐天红经典胜局

徐天红，象棋特级大师，江苏棋院院长，江苏省象棋队教练。1988 年获全国象棋个人赛冠军，1993 年获世界象棋锦标赛个人冠军，著有《象棋东南烽火》等书。

第三十五局

徐天红（胜）吕钦

图3-1是徐天红与吕钦弈完第24回合时的局面，轮到徐天红走。此时黑方的双车分别捉住红方的马和炮，红方很难走。临场徐天红决定跳中路马送给对方吃，发起反攻。

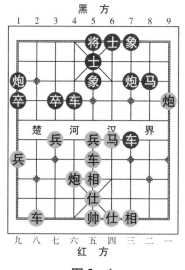

图3-1

25. 马四进五　车7退2

黑方如改走车4平5，红方则车八进九，士5退4；车五平六，炮1平4；车六进四，士6进5（如改走炮7平4，红方则车八平六，将5进1；相五进三，车5平9；车六退二，红方占优势）；车六退四，车 5 平 9；炮六进七，车 7 平 5；炮六退一，士 5 退 4；炮六平九，炮 7 退 1；车八平六，将 5 进 1；后车进五，绝杀。

26. 马五进三　车 7 退 1

黑方如改走车 7 平 9，如图 3－2，红方则马三退四，车 4 退 3；兵五进一，车 9 平 6；车八进五，马 8 退 6；相五进三，马 6 进 7；兵五进一，车 6 退 1；炮六平三，马 7 退 9；马四进五，象 7 进 5；兵五进一，车 6 平 8；车八进三，车 8 退 1；兵五进一，士 6 进 5；车八退一，"捉双"，红方占优势。

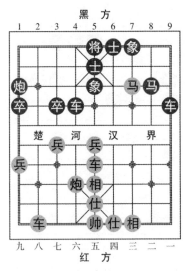

图 3－2

27. 兵五进一　马 8 进 7

黑方仍然不能车 4 平 9 吃炮，否则右翼防线马上变空虚。

28. 炮一平五　车 7 平 6

黑方如改走马7退5，红方则兵五进一，车4退3；车八进六，卒3进1；车八平九，炮1平2；车五平八，炮2平3；车九平七，炮3平1；兵五平六，车4平3；兵七进一，红方多兵占优势。

29. 车八进七　炮1退1　　30. 车八进二　车4退3

31. 车八平六　将5平4　　32. 车五平八　……

红方伏有"车八进六，将4进1；炮五平六，重炮绝杀"的凶着。

32. ……　　　马7退5　　33. 车八进六　将4进1

34. 兵五进一　炮1进5

黑方如改走炮1进1，红方则兵五平六，士5进4；兵六进一，将4平5（如改走将4进1，红方车八平六绝杀），车八退一，将5退1；兵六进一，红方下一步再进车绝杀。

35. 车八退六　炮1退2　　36. 兵七进一　……

红方进兵拦炮是巧着，便于后续攻杀。

36. ……　　　车6进2

黑方如改走车6进3，红方则车八平六，士5进4；车六平四，车6平4；车四进五，士6进5；兵五进一，卒3进1；兵五进一，将4退1；车四进一，绝杀。

37. 车八进五　将4退1　　38. 车八进一　将4进1

39. 兵五平六　士5进4　　40. 兵六进一　将4平5

41. 车八退一

黑方认输，因黑方走将5退1，红方兵六进一，卒3进1；车八进一，绝杀。

第三十六局

徐天红（胜）陶汉明

图 3－3 是徐天红与陶汉明弈完第 22 回合时的局面，轮到徐天红走。此时，红方主要运用双炮和马进攻，但必要时也会出贴身车与黑方决战。

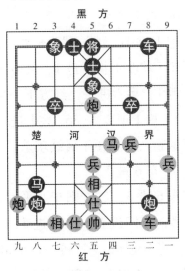

图 3－3

23. 马四进六 ……

红方伏有"马六进五踩象"的着法，黑方不敢走象 3 进 5 吃马，因红方有炮九进八闷杀的续着。

23. …… 车 8 进 2 24. 仕五进六 炮 2 进 1

黑方如改走炮 8 退 1，红方则车二进一，炮 2 平 4；马六进八，将 5 平 6；炮九进三（伏有"车二平四，车 8 平 6；炮九平四，车 6 平 8；炮五平四，将 6 平 5；马八进七绝杀"的手段），马 2 退 1；马八退九，捉死黑方的炮。

25. 炮九平七　象 3 进 1　26. 炮七平八　……

红方移炮挡炮，可随时马六进八直奔"卧槽位"。

26. ……　　　卒 3 进 1　27. 炮五退二　……

如图 3 - 4，红方可走马六进五，车 8 平 5；车二进一，将 5 平 6；车二进八，将 6 进 1；炮八平四，士 5 进 4；仕六退五，车 5 平 9；车二平五，车 9 进 4；仕五进四，车 9 平 6；炮四进二，士 4 退 5；炮五平四，绝杀。

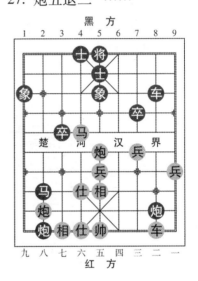

图 3 - 4

27. ……　　　象 1 退 3

28. 炮八平七　将 5 平 6

29. 车二平四　车 8 平 6

30. 车四进七　士 5 进 6

31. 炮七平四　士 6 退 5

32. 马六进四

黑方认输，因接下来黑方走士 5 进 6（如改走将 6 平 5，红方则马四进三，将 5 平 6；炮五平四，绝杀），红方马四进六，士 6 退 5；炮五平四，绝杀。

第三十七局

徐天红（胜）黄仕清

图 3－5 是徐天红与黄仕清弈完第 24 回合时的局面，轮到徐天红走。此时，双方棋子互相交错，红方需要打破僵局，因此红方挥炮轰士，引离黑方的马，可趁机进车吃士。

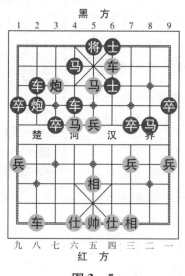

图 3－5

25. 炮七平四　马4进6

黑方如改走车 2 平 5，红方则车八进六，车 5 平 6；车八平六，车 6 退 1；兵五进一，车 6 平 5；兵五进一，车 5 进 1；车六进二，车 5 平 6；车六平九，红方易走。

26. 车四进一　将5进1　　27. 马五进七　车4平3

28. 车八进六　车2进1　　29. 马七退八　马6进5

黑方如改走车3平2，红方则马六进七，将5进1；兵五进一，将5平4；车四退二，将4退1；车四进二，车2平3；车四平六，绝杀。

30. 马八进九　马5退4

黑方如改走车3平4，红方则马九进七，将5进1（如走将5平4，红方马七退八将军"抽车"）；车四平五，将5平6；车五退四，红方多一个马。

31. 车四平六　马4进5

黑方如改走车3平4，红方则马九进七，车4进1；车六退二将军"抽车"。

32. 马六进七　将5平6　　33. 车六退一　将6退1

黑方如改走将6进1，红方则马七进六，马5退7；车六退一，马7退5；车六平五，绝杀。

34. 车六退三　马5退7

35. 车六进四　将6进1

36. 车六平五　车3平4

37. 马七进六

黑方认输。即使黑方再坚持，红方也会在十个回合内获胜。我们试着演变一下，如图3－6：

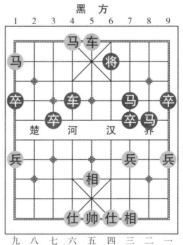

图 3－6

37. ······ 　　　马 8 进 7　　38. 马九退七　前马退 6

39. 相五退七　卒 7 进 1　　40. 车五退二　车 4 退 3

41. 马七进六　将 6 退 1　　42. 车五平四　马 7 退 6

43. 车四进一　红方胜。

第三十八局

于幼华（负）徐天红

图 3-7 是于幼华与徐天红弈至第 17 回合时的局面，轮到徐天红走。此时，红方的炮被黑方的"骑河车"牵制，潜伏着危险。黑方抓住红方中线薄弱之处进行攻击。

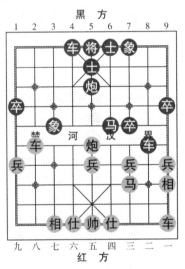

图 3-7

17. ……　　　　马 6 进 4

黑方跳马拦车捉炮，又伏有"马 4 进 3 叫杀踩车"的手段，红方难以应付。

18. 兵三进一　……

红方如改走仕四进五，车8平5；兵五进一，马4进3；帅五平四，马3退2；黑方踩车后必胜。

18. ……　　　马4进3　　19. 仕四进五　车8进2

20. 车八进二　车8平7　　21. 车一平四　车7退1

黑方下一步车4进9，红方仕五退六，车7平5；仕六进五，车5进2，绝杀。

22. 相七进五　车7平5　　23. 车四进四　车4进9

红方认输。如图3－8，红方走仕五退六，车5进1；帅五平四，车5进2；帅四进一，马3退5；帅四进一，马5进4；炮五退三（如走仕六进五，黑方车5平6，绝杀），车5平6；帅四平五，马4退3；帅五平六，车6平4，绝杀。

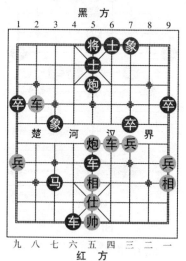

图3－8

第三十九局

胡荣华（负）徐天红

1999 年第十五届象棋电视快棋赛，胡荣华与徐天红首轮相遇，胡荣华先行，他摆出飞相局，徐天红以跳马应对，双方用冷门阵形较量，着法紧凑，徐天红在中局时反击及尾局时的攻杀都十分精彩。

1. 相三进五　　马 2 进 3　　2. 兵三进一　　炮 2 平 1

3. 马八进九　　炮 8 平 5

黑方跳马摆边炮，准备再出车形成"三步虎"，以此应对飞相比较少见，之后又突然补中炮，展现出灵活的战术变化。这种走法在快棋中可以打乱对方的预定计划，达到出其不意的效果。

4. 马二进三　　马 8 进 7

5. 车一平二　　车 1 平 2

6. 车九平八　　车 9 进 1

如图 3－9，双方演变成飞相单提马对五一炮直横车局面，由于红方先出右路车，有

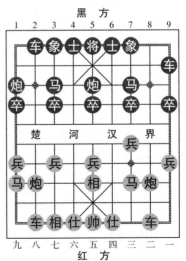

图 3－9

进右路炮封车的棋，黑方就没出直车，而是改为出横车了。

7. 仕四进五　　车9平6　　8. 兵七进一　　车6进3

9. 车二平四　　车6平8

黑方躲开车，保留更多变化。

10. 炮二退二　　卒3进1

红方退炮防止黑方挺7路卒，但阻止不了黑方挺3路卒。至此，黑方反客为主，可见第8回合红方急于挺七路兵毫无意义。

11. 炮八平七　　车2进9　　12. 马九退八　　马3进2

13. 炮七进三　　马2进1

黑方马踏边兵是佳着，下一步既可走马1退3换炮，又有马1进2压红方马的手段。

14. 炮二平三　　马1退3　　15. 兵三进一　　……

红方进兵展开对攻，希望争夺先手。此时红方如改走相五进七，车8平3；相七退五，炮5平4；车四进四，双方局面平稳。

15. ……　　　　车8进3　　16. 马三进四　　……

局势出现动荡，红方跃马，决心进一步拼搏。此时红方如改走车四进二，马3进5；兵三进一，车8平7；车四平三，马5进7；兵三进一，马7退9；黑方多卒有优势。

16. ……　　　　炮5进4　　17. 车四进三　　车8进2

18. 帅五平四　　卒7进1

黑方用卒吃兵是必然着法，如先走炮1平6，红方兵三平四，士6进5；相七进九，黑方反而被动。

19. 马四进六　炮5退2　　20. 炮七进二　……

红方若走炮七平五，马3退5；车四平三，马7进6；车三进二，炮1平6；帅四平五，马5进6；车三平四，马6进7；车四退四，车8平7；仕五退四，车7平6；帅五进一，马7退6；车四进二，车6退3；黑方吃掉红方的车，必胜。

20. ……　　　　　炮5平6　　21. 车四平七　马3退5

22. 马六进八　炮1平2　　23. 帅四平五　炮6退1

24. 马八退六　炮6进5　　25. 炮三平四　炮6平9

如图3－10，黑方巧移炮准备沉至底线助车袭击，此时，黑方吹响了总攻的号角。

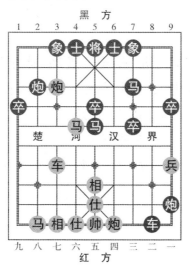

图3－10

26. 车七平三　马7进6　　27. 车三退二　……

红方如改走车三进二，马5进6；车三退一，炮2进6；

黑方伏有卧槽马将军的凶着，红方难以应对。

27.……　　　炮9进1　　28.相五退三　马5进6

黑方此步跳马踩车很精彩，红方如走炮四平二，马6进7；帅五平四，马7退9；黑方可捉住红方的炮。

29.仕五进四　……

红方如改走车三进一，车8退2；车三平二，前马进7，绝杀。

29.……　　　前马进4　　30.帅五进一　……

红方如改走车三平六，车8平7；车六进一，马6进7；车六退一，车7退1；炮四进一，马7进6；车六进二，车7平8；黑方伏有"马6进8"的绝杀着法，红方难以应对。

30.……　　　车8退3　　31.炮四平一　炮2进6

32.帅五进一　……

红方如改走车三进一，车8进2；帅五进一，马4退5；炮七退四，马6进4；炮七平六，车8退2；马六退八，车8平5；帅五平六，车5进2，绝杀。

32.……　　　马6进4

红方认输，因红方走帅五平六，车8平4；帅六平五，车4进2，绝杀。

第四十局

徐天红（胜）李智屏

1999 年红牛杯快棋赛，徐天红与李智屏相遇，徐天红先行，用"五六炮"进攻，李智屏以"屏风马"应战。不久，徐天红一反常态，退仕角炮摆至窝心位置，构成"雷公炮"，用强大火力网强行封锁中路，李智屏也补中炮，双方展开对攻。徐天红采用双肋车盘头马阵形，兵马铺天盖地，终于压倒李智屏。

1. 炮二平五　马 8 进 7　　2. 马二进三　车 9 平 8

3. 车一平二　卒 7 进 1　　4. 车二进六　马 2 进 3

5. 炮八平六　车 1 平 2　　6. 马八进七　炮 2 平 1

黑方移炮出车控制通道是必要的，如改走炮 8 平 9，红方则车二平三，炮 9 退 1；车九平八，炮 9 平 7；车三平四，士 4 进 5；车四进二，炮 7 平 8；车八进六，红方的先手扩大。

7. 兵五进一　　……

红方的左路车在被抑制的情况下，只能发动中路攻势来弥补。另一种着法是兵七进一，炮 8 平 9；车二平三，炮 9 退 1；马七进六，炮 9 平 7；车三平四，士 6 进 5；车九进二，象 7 进 5；双方局势平稳。

7. ……　　　　炮 8 退 1　　8. 炮六退一　　炮 8 平 5

9. 车二平三　　卒 3 进 1　　10. 车九进一　　车 8 进 2

11. 炮六平五　　……

如图 3 – 11，黑方摆中炮阻击，红方也摆"窝心炮"，双方各不相让，呈现中炮对射的态势，看来一场恶战不可避免。

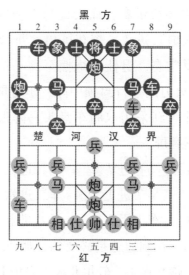

图 3 – 11

11. ……　　　　马 3 进 4　　12. 兵五进一　　马 4 退 5

红方冲兵不是为了换卒，而是暗伏攻击计划。黑方如改走卒 5 进 1，红方则车三平六，马 4 进 3；车九平六，象 3 进 5；前炮进五，象 7 进 5；炮五进六，炮 5 平 8；炮五平二，炮 1 平 8；后车进二，红方吃掉黑方的双象，易走。

13. 车三平四　　卒 5 进 1　　14. 马三进五　　炮 1 退 1

15. 车九平六　　卒 5 进 1

黑方意图通过"送卒"缓解局面，即红方走前炮进二，炮5进4；炮五进三，炮1平5；炮五进四，士6进5；红方无炮，难以实现"快攻"。

16. 车六进七 ……

如图3－12，红方的肋线车直插黑方"象眼"，出乎黑方意料，这是此时的关键"妙着"。黑方不敢走卒5进1吃马，因红方可走前炮进五，象7进5；炮五进六将军抽车。

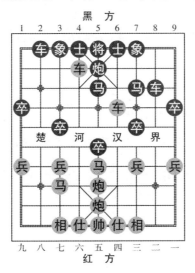

图3－12

16. …… 马7进6 17. 炮五进二 ……

红方用肋线车拦住黑方的右路炮之后，再用炮轰卒，已占到大便宜。

17. …… 马6进5 18. 车四平六 ……

红方移车直取黑方的九宫，逼黑方飞象。此时黑方不敢走炮5进4，否则红方炮五进三，士6进5；前车进一，绝杀。

18. ······　　　象 3 进 1　　19. 马七进五　炮 1 平 3

20. 前炮进二　······

红方如急于走前车平七，炮 5 进 4；车七平九，炮 5 进 3；仕六进五，红方的攻势缓解。

20. ······　　　炮 3 进 5　　21. 前炮进二　士 4 进 5

22. 后车平九　车 8 平 6　　23. 车九进一　炮 3 平 7

24. 马五进六　炮 7 平 8　　25. 马六进七　······

红方继续控制局面，此时跃马过河助战。黑方若走炮 8 进 3，红方炮五平三"解杀还杀"。

25. ······　　　车 2 平 3　　26. 炮五进五　炮 8 退 5

27. 车六退四　车 6 进 1　　28. 车六平九　······

红方伏"前车进二"逼黑方换车的绝杀着法。

28. ······　　　车 6 平 5　　29. 马七退五

黑方认输。

第四十一局

陶汉明（负）徐天红

1999 年红牛杯快棋赛第二轮，陶汉明与徐天红相遇，陶汉明先走，他使出其擅长的跳马中炮开局，最后演变成五八炮对屏风马阵形。中局阶段，陶汉明的左路车被封，徐天红运用车、双炮、马配合攻杀取胜。

1. 马八进七　卒 3 进 1　　2. 炮二平五　马 8 进 7

3. 马二进三　车 9 平 8　　4. 车一平二　马 2 进 3

5. 兵三进一　……

红方先跳马再摆中炮，战术从防守转为攻击，而黑方自然而然架起屏风马。至此，曾出现过黑方用左路炮封车的走法，即炮 8 进 4，红方马三进四，炮 8 进 1；炮八进四，炮 8 平 3；车二进九，马 7 退 8；车九进二，炮 3 进 1；车九退一，炮 3 退 1；马四进五，马 3 进 5；炮五进四，红方弃子但有攻势。陶汉明擅长进攻，比较喜欢演变成此类变化。

5. ……　　　　象 7 进 5　　6. 炮八进四　马 3 进 2

7. 马三进四　……

红方的右路马盘河属于进攻战略，也可选择炮八平三，车 1 进 1；车二进五，车 1 平 6；兵七进一，车 6 进 2；车二进一，车 6 进 1；马七进六，车 6 平 4；兵七进一，仍为红方持先手。

7. ……　　　车1进1　　8. 马四进五　马7进5

9. 炮五进四　士6进5　　10. 相七进五　……

如图3－13，红方为了跃马夺取中卒，造成左路车晚出。因此，红方的当务之急是要出左路车，而不是补相，可改走炮五退一，马2进3；炮八平七，卒3进1；车九平八，车8平6；车二进五，车1平3；炮七平一，双方对攻。

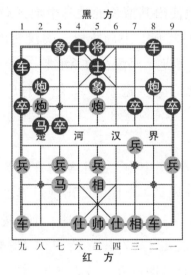

图3－13

10. ……　　　车1平4　　11. 炮五平九　炮8进5

12. 马七退五　马2进3　　13. 马五进三　车8进2

黑方进炮封车，有利于减缓红方的进攻节奏，使其主力部队难以发挥作用。

14. 车九平七　车4进5　　15. 仕六进五　卒3进1

16. 车七平六　……

红方的左路车也被封锁，故只能选择换车。

16. ……　　　卒 3 平 4　　17. 车六进三　卒 4 进 1

18. 兵五进一　卒 4 进 1　　19. 仕五进六　马 3 退 5

20. 仕四进五　车 8 进 4

黑方通过换兵打通"兵林线"，为把车移至右翼攻击创造条件。

21. 炮九平三　车 8 平 2

如图 3 - 14，黑方放松对红方车的压制，把车移至右翼攻击红方的空虚之处，从战略上控制局面。

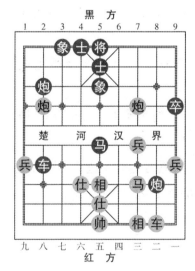

图 3 - 14

22. 炮八平七　……

红方如改走车二进二，车 2 进 3；仕五退六，车 2 退 6；黑方下一步走马 5 进 4，红方帅五平四，黑方车 2 平 6，绝杀。

22. ……　　　炮 8 退 1　23. 兵九进一　炮 2 进 3

24. 炮七退六　车 2 平 3　25. 炮七平八　马 5 退 3

黑方用车控制要道，马跳回河界，让出摆中炮的位置，逐步调动棋子进入进攻状态。此时黑方伏"马 3 进 2，炮八进四；马 2 进 3，帅五平六；炮 8 平 4"的绝杀手段。

26. 马三进四　炮 8 平 5　27. 帅五平四　炮 5 退 1

28. 马四退三　车 3 平 6　29. 帅四平五　车 6 平 2

黑方可改走马 3 进 2，红方炮八平六，马 2 进 4；炮六进一，仍为黑方掌握主动权。

30. 炮八平六　车 2 平 3　31. 帅五平四　车 3 平 6

32. 帅四平五　……

黑方的车、双炮、马从中线及两侧夹击，已构成"钳形"攻势。

32. ……　　　炮 5 平 1　33. 车二进六　炮 1 进 4

34. 相五退七

红方认输，因黑方走马 3 进 2，红方炮六平九，马 2 进 3；帅五平六，炮 2 平 4，绝杀。

第四十二局

柳大华（负）徐天红

2000 年第十一届银荔杯赛，柳大华与徐天红加赛快棋，柳大华先行，双方演变成流行的五七炮对屏风马左路炮封车局面。中局时柳大华的车自塞相眼，造成边马"无根"，徐天红抓住战机，利用边炮的保护巧进边卒，由此反夺先手。原谱为红方以炮八平五开局，为方便读者，我们转换成炮二平五开局。

1. 炮二平五　马8进7　　2. 马二进三　车9平8

3. 车一平二　马2进3　　4. 马八进九　卒7进1

5. 炮八平七　车1平2　　6. 车九平八　炮8进4

7. 车八进六　……

黑方进左路炮封车，红方进左路车准备吃卒压马，双方各攻一翼，这是一种各有利弊的局面。

7. ……　　　　炮2平1　　8. 车八平七　车2进2

9. 车七退二　马3进2　　10. 车七平八　马2退4

11. 兵九进一　……

如图 3－15，红方如先用炮轰象再挺兵，则会造成双方换掉双车的局面，即红方走炮七进七，士 4 进 5；兵九进一，象 7 进 5；炮七退三，车 2 进 3；马九进八，炮 8 平 5；仕四进五，车 8 进 9；马三退二，双方各有千秋。

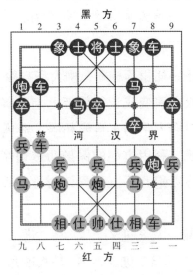

图 3－15

11. ……　　　象 7 进 5　　12. 车八进三　马 4 退 2

红方主动换车与被动换车的主要差别，就是黑方马的位置不同。现在黑方的马在"炮位"。往前跳是河界位置，没有好的出路。

13. 车二进一　……

红方趁黑方补象而未支士之际，让车提前一步横出，是本局的关键环节，否则红方的车被封就会很快陷入被动。

13. ……　　　马 2 进 3　　14. 车二平八　车 8 进 5

黑方的车走至河界是当前的唯一好位置，同时也抢占了红方的车的路线，优势瞬时转换。

15. 炮七进三　象 5 进 3　　16. 炮五平七　象 3 退 5

17. 相三进五　车 8 平 4　　18. 仕四进五　……

这是一步"随手棋"，红
方没意识到边马"无根"的弱
点，应改走马九进八，既避开
黑方炮的威胁，又有前进的
空间。

18. ……　　　卒 1 进 1

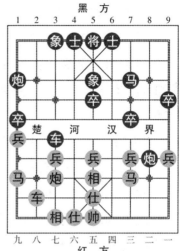

图 3－16

如图 3－16，黑方挺边卒
是巧着，否则战机稍纵即逝，
红方只要走车八进三与黑方换
车，局势就平稳了。

19. 车八进三　马 7 进 6

黑方跃马护车是佳着，仍
然掌握主动，如红方走兵九进一，炮 1 进 5；车八平六，马
6 进 4；相七进九，马 4 进 3；黑方多吃一个马。

20. 车八进一　马 6 进 7　　21. 炮七进七　……

红方弃炮破象杀卒，估计能吃回一个马，如改走车八
平九，炮 8 退 2；车九进一，马 7 进 9；炮七退一，卒 7 进
1；相五退三，卒 7 进 1；相三进一，卒 7 进 1；黑方有
优势。

21. ……　　　象 5 退 3　　22. 车八平三　马 7 进 5

23. 相七进五　卒 1 进 1　　24. 马九退八　车 4 平 2

25. 马八进六 车2进3   26. 马三进四 炮8进2

这是黑方的一步"随手棋",黑方可改走炮8进3,红方车三平六,卒1平2;帅五平四,炮1进7;帅四进一,炮1退1;捉死红方的马。

27. 车三退四 车2平4

黑方用"活炮"换"呆马"并不划算,此步仍应走炮8退6,红方车三平二,炮8平5;仕五退四,炮5进4;红方难走。

28. 车三平二 卒1平2   29. 帅五平四 炮1进7

30. 帅四进一 炮1退1   31. 帅四退一 车4退3

32. 马四进五 车4退2   33. 车二进五 士4进5

黑方如改走炮1退5,红方则马五退三,车4平8;马三进四将军抽车,反而形成红方多兵的局面。

34. 兵五进一 车4进3

此时,黑方控制局面,红方已无速胜之法且用时将尽,只好认输。

第四十三局

徐天红（胜）陶汉明

2000 年第十一届银荔杯赛，徐天红与陶汉明加赛快棋，徐天红先行，他用五六炮左路车过河进攻，并采取换车后再起右路车的变例，显然是有备而来；陶汉明顽强抗衡，换掉双车后局面缓解，可惜疏忽大意，为保小卒而丢象，被红方一击致命。

1. 炮二平五　马 8 进 7　　2. 马二进三　车 9 平 8

3. 车一平二　马 2 进 3　　4. 马八进九　卒 7 进 1

5. 炮八平六　车 1 平 2　　6. 车九平八　炮 8 进 4

黑方以屏风马 7 路卒应对五六炮，流行着法是炮 2 进 4，红方车二进四，炮 8 平 9；车二平四，士 4 进 5；兵九进一，炮 2 退 2；兵三进一，车 8 进 4；车八进四，仍为红方持先手。

7. 车八进六　士 4 进 5

在红方五七炮的布局中，黑方常走移炮换车，但现在红方走五六炮则形势不同，此着如改走炮 2 平 1，红方车八平七，车 2 进 2；炮六进五，马 3 退 2；炮六平九，马 2 进 1；车七进三，红方杀象占据主动。

8. 车八平七　马 3 退 4　　9. 车七平八　马 4 进 3

10. 兵七进一　炮2平1　　11. 车八进三　马3退2

12. 车二进一　……

如图3-17，红方换掉左路车后升起右路车，很快就摆脱了黑方炮的封锁，伏有"车二平八，马2进3；车八进六"的攻击手段。

至此，黑方显然不能走炮8平5，否则红方炮五进四，象3进5；车二进八，马7退8；马三进五，红方多吃一个炮。

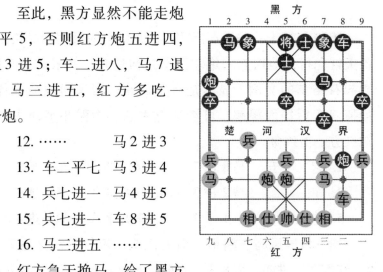

图3-17

12. ……　　　　　马2进3

13. 车二平七　马3进4

14. 兵七进一　马4进5

15. 兵七进一　车8进5

16. 马三进五　……

红方急于换马，给了黑方摆中炮的机会，红方可改走兵七平六，象7进5；兵六平五，有更多对攻机会。

16. ……　　　　　炮8平5　　17. 仕六进五　象3进5

18. 车七进二　马7进6　　19. 兵七平六　……

之前红方错过了移兵吃中卒的机会，现在为时已晚，黑方的卒可以升起。

19. ……　　　　　卒5进1　　20. 帅五平六　车8平4

21. 炮五进三　车4退2　　22. 车七进六　车4退3

23. 车七平六　将5平4

换车后局面缓解，双方旗鼓相当。

24. 马九进七　将4平5　　25. 马七进六　炮5平4

26. 帅六平五　炮1进4　　27. 马六进八　炮4退5

28. 相七进五　炮1平9　　29. 炮六进四　卒1进1

30. 炮六退一　马6进7　　31. 炮六平三　卒1进1

32. 炮三退一　……

红方此时走马八退九吃卒为宜，否则少两个卒会陷入劣势。

32. ……　　　卒1平2　　33. 马八退六　卒2进1

如图3－18，黑方走卒是致命失误，没注意红方马踏中象的威胁。一着不慎，满盘皆输。黑方应改走将5平4弃卒，则远离危险，以后多一个卒，至少是和棋。

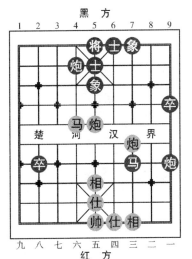

图 3－18

34. 马六进五　将5平4

此时黑方已难逃厄运，另有三种走法：（1）炮4平1，红方马五进七，将5平4；炮三平六，马7退6；马七退六将军抽掉黑方的马。（2）马7退5，红方马五进三，将5平4；炮三进五，绝杀；（3）象7进9，红方马五退七，将5平4；炮三平六，炮4平3；马七进六，士5进4；马六退四，炮3平4；马四进六吃炮。

35. 炮三平六

黑方认输，因黑方走炮4平2，红方则炮五平六，将4平5；马五进七，绝杀。

第四十四局

徐天红（胜）袁洪梁

2001年世界象棋挑战赛，徐天红与袁洪梁的较量十分激烈，常规棋比赛弈和两局之后，加赛两局快棋也弈和，接着双方加赛第三局快棋，由徐天红先行。袁洪梁使出其擅长的弃马局，但徐天红不贪吃，而且放对方的马过河之后，走了一步移兵的巧着绊住对方的马腿，再用炮轰中卒，实行全面封锁。袁洪梁只有招架之势却无还击之力，最终败下阵来。

1. 炮二平五　　马8进7
2. 马二进三　　车9平8
3. 车一平二　　马2进3
4. 兵七进一　　卒7进1
5. 车二进六　　士4进5

比赛进入关键时刻，袁洪梁计划使出自己擅长的弃马局，准备决一死战。他先补士，未走当时流行的移炮换车的变例。

6. 炮八平七　　象3进5

如图3-19，黑方按原计

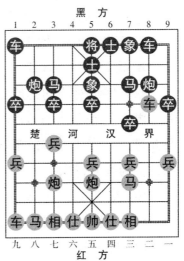

图 3-19

划，诱红方车二平三捉马，然后走炮 8 平 6，红方车九进一，车 1 平 4；车三进一，卒 3 进 1；车三退一，炮 2 进 1；车三进二，马 3 进 2；马八进九，卒 3 进 1；黑方各棋子活跃。

7. 马八进九　……

红方抓紧时间展开左翼棋子是十分明智的，此种攻法比较稳健，易于掌握，符合徐天红的风格。徐天红也可走兵七进一，马 7 进 6；兵七进一，卒 7 进 1；车二退一，马 6 进 4；双方对攻激烈。

7. ……　　马 7 进 6

既然红方不贪吃马，黑方的马自然要跳出来。此时黑方如改走炮 8 平 9，红方车二平三，车 8 进 2；车九平八，车 1 平 2；兵七进一，象 5 进 3；车八进六，黑方陷入被动。

8. 车九平八　炮 2 平 1

9. 兵七进一　卒 7 进 1

双方冲卒对攻均是原定方针，黑方如走象 5 进 3，红方马九进七，车 1 平 4；车八进二，仍为红方持先手。

10. 车二退一　马 6 进 4

11. 炮七进一　卒 7 进 1

12. 兵七平六　……

如图 3－20，我们通常认为红方炮七平三吃卒，黑方则

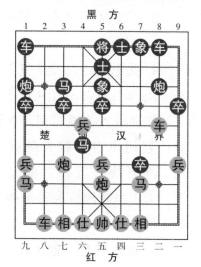

图 3－20

卒 3 进 1；炮三平二，马 3 进 2；车八进四，车 1 平 4；黑方可抗衡。

徐天红对此深有研究，走出移兵的新变着，既用炮攻击黑方的马，又用兵绊马腿，构思新颖。

12. ……　　　　卒 7 进 1　　13. 炮七进四　卒 7 平 6

虚着，黑方应以马换炮减轻压力，如马 4 进 5，红方相七进五，车 1 平 3；炮七平八，车 3 平 2；兵六进一，卒 5 进 1；兵六平七，虽仍为红方占优势，但黑方压力减小。

14. 炮五进四　卒 6 进 1　　15. 炮五退二　车 8 进 1

黑方升车想脱身，暗伏"卒 6 进 1，帅五平四；车 8 平 6，帅四平五；炮 8 平 3 吃炮"的着法。但此计划在这种级别的比赛中显然不会得逞。

16. 炮七进一　车 8 退 1　　17. 仕六进五　车 1 平 3

18. 车八进四　……

红方实施全面封锁，黑方棋子全盘受制。

18. ……　　　　卒 3 进 1　　19. 兵六进一　炮 8 进 1

20. 车八平六　车 3 进 1　　21. 相七进五　车 8 进 2

黑方升起车，计划躲炮后换车。

22. 兵六进一　车 3 进 2　　23. 车六平八　车 3 退 3

黑方如改走车 3 平 5，红方则兵六进一，士 5 退 4；车二平六，士 6 进 5；兵六平五，将 5 进 1；车八进四，将 5 退 1；车八进一，红方离胜利只有一步之遥。

24. 炮五进二　卒 3 进 1　　25. 车八平七

黑方见大势已去，认输。因黑方走车 3 进 5，红方相五进七，炮1退2；兵六进一，炮1平4；兵六进一，将5平4；车二平六，将4平5；帅五平六，红方下一步车六进四，绝杀。徐天红把袁洪梁淘汰出局。

第四十五局

徐天红（胜）张申宏

2001 年"派威"排位赛预赛，徐天红与张申宏连续两局棋皆为和棋，双方加赛快棋又是两局和棋，加赛第三局快棋由徐天红先行，双方演变成挺兵转中炮对卒底炮横车阵形，徐天红采用重炮牵制马的变例，一直掌握先手控制局面。等待飞相布好阵形之后，徐天红用肋线车威胁对方的马，最终获得兵力优势而取胜。

1. 兵七进一　炮 2 平 3　　2. 炮二平五　象 3 进 5

3. 马二进三　车 9 进 1

黑方未挺 3 路卒，而是争取时间出横车。

4. 马八进七　车 9 平 2

黑方的横车向右路移动牵制红方的炮，属于稳健着法。此时黑方不宜改走卒 3 进 1，否则红方兵七进一，炮 3 进 5；车一平二，车 9 进 1；黑方虽吃掉一个马，但全面被压制，陷入红方的圈套。

5. 车一平二　马 2 进 4

黑方的当务之急是跳马，稳固阵形。黑方如改走车 2 进 5，红方则车九平八，车 2 平 3；马三退五，马 8 进 9；炮八退一，伏有"炮八平七，车 3 平 4；炮五进四将军抽车"

的棋。

6. 炮八平九　　马8进9　　7. 马七进六　　车1进1

8. 炮九平六　　……

红方的炮先移至边线再调回仕角，虽然损失一步棋，但能牵制黑方的肋线马，换取局面优势可以补偿步数。

8. ……　　　　卒9进1

黑方这步棋可防止红方"车二进五"，同时为左路炮巡河创造条件。

9. 仕六进五　　士4进5　　10. 炮六退二　车2进7

11. 炮五平六　　……

如图3-21，黑方阵形的主要弱点是肋线马，红方用双炮攻击黑方的马，便于飞相调整阵形。

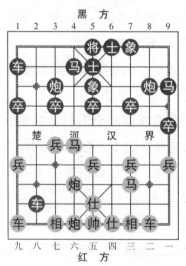

图3-21

11. ……　　　　炮8进2

黑方如走马 4 进 2，红方则马六进七，马 2 进 1；马七退九，卒 1 进 1；相七进五，局面简化，红方略占优势。

12. 相七进五　……

红方飞相巩固防线，同时为车留出路线，如改走前炮进六，车 1 平 4；车二进五，车 4 进 4；红方失去优势。这种情况下红方不宜走炮六进八轰车，否则黑方走炮 8 平 1，红方相三进五，炮 1 进 5；仕五退六，车 2 退 7；炮六退二，车 2 平 4；红方难走。

| 12. …… | 炮 8 平 7 | 13. 兵三进一 | 炮 7 进 3 |

14. 前炮平三　车 2 平 4　　15. 马六退七　车 4 退 4

16. 车九平八　炮 3 退 2　　17. 车二进八　……

红方准备移车"塞象眼"，配合右路炮强攻。

17. ……　　车 4 平 6　　18. 车八进六　卒 3 进 1

19. 兵七进一　炮 3 进 7

黑方如改走车 6 平 3，红方炮六平七，车 3 平 6；炮七进九轰掉黑方的炮。

20. 炮三平七　车 6 平 3　　21. 炮七平六　……

红方仍然保持用双炮牵制黑方马的局面，等待机会进一步对黑方实施打击。

21. ……　　车 3 退 1　　22. 车八退一　车 3 进 1

23. 车八进一　车 3 退 1　　24. 车八退三　车 3 进 1

25. 兵五进一　……

红方疏通"兵林线"，为右路车退回后向左侧移动做准备。

25. ⋯⋯　　　卒 5 进 1　　26. 兵五进一　车 3 平 5

27. 相五进七　⋯⋯

如图 3 - 22，红方飞相深谋远虑．为以后进攻埋下伏笔。

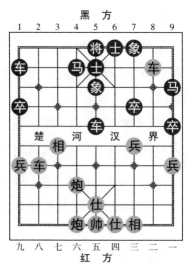

图 3 - 22

27. ⋯⋯　　　车 5 平 3　　28. 相三进五　车 3 平 6

黑方的防守无济于事，应改走车 3 退 2，红方则车二退五，车 3 平 2；车八平六，马 4 退 2；黑方尚可周旋。

29. 车二退五　车 6 平 3　　30. 车二平六　马 4 进 5

31. 车六进三　马 5 进 6　　32. 后炮平七　⋯⋯

红方隐藏多时的"杀手"突然袭击，破坏黑方底线的防御手段。当红方用车在底线将军时，黑方无车可防守。

32. ⋯⋯　　　车 3 平 4　　33. 车八进六　士 5 退 4

34. 车八平六　将 5 进 1　　35. 后车退一　马 6 退 4

36. 车六退四　车 1 平 2

红方多吃一个马，大局已定。

37. 相五退三　将 5 退 1　　38. 车六平一　车 2 进 5

39. 兵九进一　车 2 退 1　　40. 炮六平五　……

红方之前落相，就是为马留出摆中炮位置。

40. ……　　　士 6 进 5　　41. 车一平七　将 5 平 6

42. 车七平四　将 6 平 5　　43. 车四进三　车 2 平 3

44. 车四平五　将 5 平 6　　45. 炮七平六　车 3 平 7

46. 车五进一　将 6 进 1　　47. 炮五平四

红方伏有"炮六进三后重炮绝杀"的手段，黑方认输。

赵国荣经典胜局

赵国荣，黑龙江省哈尔滨市人，象棋特级大师，黑龙江棋院院长。1990 年获全国象棋个人赛冠军，以后在 1992 年、1995 年、2008 年多次夺取全国冠军，1991 年曾获世界象棋个人赛冠军，著有《棋枰精华录》等作品。

第四十六局

赵国荣（胜）孟立国

　　图 4－1 是赵国荣与孟立国弈完第 17 回合时的局面，轮到红方走。此时红方只有一个车，但有中炮"钉住"黑方的窝心马，所以红方必须充分利用这个优势进行攻杀。

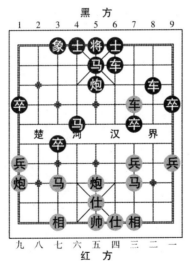

图 4－1

　　18. 车三平六　……

　　红方用车赶走黑方的马，便可出帅助攻。

　　18. ……　　　　车 6 进 2

　　黑方如改走车 6 进 3，红方则炮五进四，车 8 进 3；马七进五，如图4－2，有下列变化：（1）车6平5，红方马五进六，车8平4；马三进五，车5进2（如改车5退1，红方车六平五，炮5进4；车五退三，车4退1；炮九平二，下一步沉底炮绝杀）；马六进四，车5平6（如改走车4平6，红方炮九平二，车5退3；马四进三，车6退4；炮二进七，绝杀）；炮九平二，车4平8；帅五平六，卒3平4；炮二平六，卒4平3；炮六平八，车8平4（如改走卒3平4，红方炮八进七，车6退3；车六进三，绝杀）；车六退二，卒3平4；炮八平二，车6退3；炮二进七，绝杀。（2）马4进5，红方马三进五，车6平5（如改走车8平5，红方帅五平六，卒3平4；炮九平六，卒4平3；炮六平二，车5退2；车六进三，绝杀）；炮九平七，车5退1（如改走象3进1，红方马五进六，车8平4；炮七平二，车5退1；车六平五，象1进3；马六进五，象3退5；车五进一，车4平8；炮二平九，车8退2；炮八平五，卒3平4；车五平二，车8平5；车二平六，卒4平3；帅五平六，下一步绝杀）；车六平

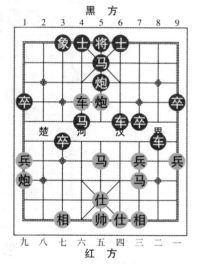

图4－2

五，卒3平4；马五进四，仍属红方易走。（3）车8平5，红方炮九平五，车5进1；马三进五，马4进5；后炮平二，

下一步沉底炮绝杀。

19. 车六退一　车 8 进 1　　20. 马三进五　车 6 平 4

黑方如改走卒 3 进 1，红方马五进七，车 6 平 5；后马进五，马 5 进 3；车六进三，车 5 平 3；前马进五，车 3 平 5；后马进七，炮 5 进 2；马七进五，黑方的车无法移动。

21. 车六进一　车 8 平 4　　22. 马五进七　车 4 平 5

23. 炮五进五　象 3 进 5

黑方如改走车 5 退 1，红方后马进五，车 5 进 1；炮九平五，车 5 平 6；马七进五，车 6 平 5；后马进七，黑方的车被活捉。

24. 后马进六　车 5 进 1

黑方如改走车 5 进 2，红方马七进六，车 5 平 4；马六进四，绝杀。

25. 马六进七　车 5 退 1　　26. 炮九平五

黑方认输。因以下着法均为红方必胜：（1）黑方车 5 平 3，红方马七进五，车 3 进 6；仕五退六，马 5 退 3；马五进四，绝杀。(2) 黑方车 5 进 4，红方相七进五，马 5 进 3；前马进五，红方双马战黑方单马，必胜。

第四十七局

赵国荣（胜）尚威

图4-3是赵国荣与尚威弈完第23回合时的局面，轮到红方走。此时红方有当头炮、盘头马，双车扼守要道，特别是仕角炮可随时砸士发起总攻，已是胜券在握。

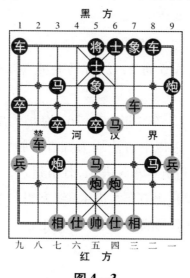

图4-3

24. 炮四进七　士5退6

红方用炮砸士瞄双车，黑方如走将5平6，红方马四进三将军抽车。

25. 炮五进三　士6进5　　26. 车八平二　……

红方的"骑河车"向右移欺负黑方的车，抢得先手。

26. ……　　马 8 进 6　　27. 马五退四　车 8 平 9

28. 马四进二　将 5 平 4

黑方如改走炮 9 平 8，红方车三进三，车 9 平 7；马二进四，将 5 平 6（如改走将 5 平 4，红方车二平六，绝杀）；炮五平四，绝杀。

29. 车三平六　士 5 进 4　　30. 马二进四　象 5 退 3

黑方如改走将 4 进 1，红方车六进一，将 4 进 1；车二平六，绝杀。

31. 车二进四

黑方认输。因如黑方走车 1 进 1，红方车二平九，马 3 退 1；炮五平六，炮 9 退 1；车六进一，炮 9 平 4；车六进一，绝杀。

第四十八局

赵国荣（胜）宗永生

图4-4是赵国荣与宗永生弈完第57回合时的局面，轮到红方走。此时黑方无士，红方有车、马、兵，但黑方的卒如能杀进九宫，也有对攻的机会。

黑方

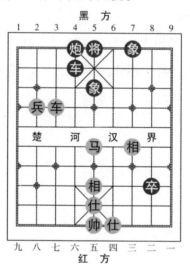

红方

图4-4

58. 马五进四　卒8平7　　59. 兵八进一　……
红方必须冲兵，配合车和马，寻求机会。

59. ……　　　　卒7进1　　60. 兵八平七　卒7平6

61. 兵七平六　……

巧着，诱黑方炮 4 进 2，红方则车七进三，车 4 退 1；马四进六，将 5 进 1；车七平六，抽掉黑方的车。

61. ……　　　　车 4 平 1　　62. 相五退七　车 1 平 8

63. 相三退五　将 5 平 6　　64. 马四退三　象 5 进 7

65. 马三进五　炮 4 平 5

失算，黑方的炮堵塞了将的出路，弄巧成拙。黑方的原意是诱红方马五进三，卒 6 平 5；帅五平六（如改走仕四进五，黑方车 8 进 8，绝杀），炮 5 平 4；兵六平五，车 8 平 4，绝杀。

66. 车七平四　车 8 平 6　　67. 马五进四

如图 4 - 5，红方下一步马四进二，绝杀，黑方认输。黑方如走炮 5 进 1，红方则兵六进一，将 6 平 5（如改走车 6 平 7，红方兵六平五，车 7 平 5；马四进二，将 6 平 5；车四进三，绝杀）；兵六平五，将 5 进 1；马四退六，将 5 退 1；车四进二，红方的实力碾压黑方。

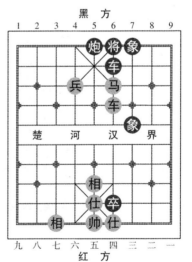

图 4 - 5

第四十九局

赵国荣（胜）于幼华

图4-6是赵国荣与于幼华弈完第18回合时的局面，轮到红方走。此时红方炮镇中路，右路车控制肋线与卒林线，左路车随时威胁黑方的马，气势雄壮。

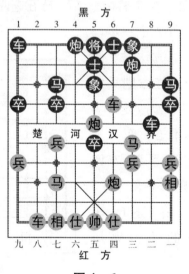

图4-6

19. 炮四进三　车8进3　　20. 马三进二　炮4进2

黑方如改走车8平3，如图4-7，红方炮四平三，马3
进5；车四平五，炮4进2（如改走象5进7，红方马二进
四，炮7平6；车八进八，炮4进6；车五进二，将5平4；
车八平六，炮6平4；车五进一，绝杀）；车五平六，将5
平4；炮三进二，炮4退1；车八进八，炮4进1；马二进
三，马9退7；炮三平六，红方多吃一个炮。

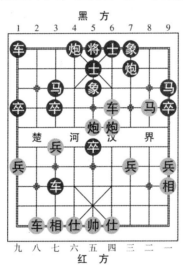

黑　方

红　方

图4-7

21. 炮四进四　车1进2　　22. 炮四退二　炮4平6

黑方如改走炮4退2，红方炮四平二，车8平3；炮二
进二，马9退8；马二进三，绝杀。

23. 马二进四　炮7平6

黑方如改走将5平6，红方马四退二，将6平5；马二
进三，马9退7；车四进二，马7进8；车四平五，将5平
4；车五进一，将4进1；车八进八，将4进1；车八平七，

象 5 进 7；车五退一，马 8 退 6；炮五进二，象 7 退 5；车七平六，绝杀。

24. 马四退二　车 8 平 3　　25. 车四进二　车 3 平 4

26. 车四平五

妙着，红方大胆穿心，黑方认输。因黑方如走：（1）马 3 退 5，红方则车八进九，车 4 退 7；马二进四，将 5 平 6；炮五平四，绝杀。（2）将 5 平 4，红方则车五进一，将 4 进 1；车八进八，将 4 进 1；车八平七，象 5 进 7；车五平六，将 4 平 5；马二退四，将 5 平 6；车六平四，绝杀。

第五十局

闫文清（负）赵国荣

1999 年"中视股份杯"总决赛，闫文清与赵国荣交锋，闫文清先行，他采用罕见的五九炮缓出右路车阵形，布局新颖；而赵国荣摆出常见的屏风马阵形，沉着应战。虽然闫文清用车左冲右杀，但并未占到便宜。赵国荣的防守固若金汤，步步为营，稳健推进，最终以多卒优势取胜。

1. 炮二平五　马 8 进 7　　2. 马二进三　车 9 平 8

3. 马八进七　……

红方选择较少见的走法，通常红方走兵七进一，左路车出动较慢。现在红方跳正马，加快左翼的进攻速度。

3. ……　　　马 2 进 3　　4. 炮八平九　车 1 平 2

黑方没有因红方缓出右路车而走炮 8 平 9，而是出动双车准备迎接红方的进攻，在新颖布局面前表现出沉着应战的姿态。

5. 车九平八　卒 7 进 1　　6. 车一平二　炮 8 进 4

此时局面与流行的五七炮对屏风马左路炮封车有些相似，其实红方无七路炮，变化是不同的。

7. 车八进六　炮 2 平 1

红方进车企图威胁黑方的马，至此红方可走车八平七，车 2 进 2；兵五进一，象 7 进 5；兵五进一，卒 5 进 1；马七进五，士 6 进 5；马五进七，红方仍持先手。

8. 车八进三　马 3 退 2　　9. 车二进一　……

如图 4 – 8，换车后局势显得平淡，红方进一步车想让车快速进入战场，这也是形势的要求。

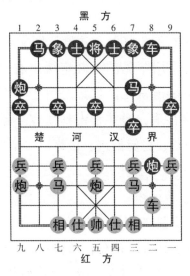

图 4 – 8

9. ……　　　炮 8 平 5　　10. 车二平五　炮 5 退 2

11. 马七进五　……

红方早已做好思想准备，用"窝心车"化解黑方将军，再跳盘头马迎战。

11. ……　　　炮 1 平 5　　12. 车五平八　马 2 进 1

黑方跳边马免受攻击，如改走马 2 进 3，红方车八进五，下一步吃卒压马。

13. 车八平四　车 8 进 6　　14. 车四进六　……

红方可改走车四进五，车8平7；车四平三，前炮进3；相三进五，炮5进4；马三进五，车7平5；车三进一，象7进5；炮九进四，双方势均力敌。但临场闫文清求胜心切，没想走成和棋，不料后来却输掉。

14.······ 马7进8 15. 仕四进五 车8平7

黑方伏有"前炮进3，相三进五；炮5进4，仕三进五；车7平5"的着法，在交换中多吃一个马。

16. 马五进六 卒7进1

黑方驱卒过河，准备马8进6踩马，黑方已呈"反先"之势。

17. 兵七进一 马8进6 18. 马六进五 象7进5

19. 马三退一 ······

红方之前挺七路兵，就是为了防止黑方炮5平3瞄相闷杀。

19.······ 车7平9 20. 相三进一 炮5平9

黑方宁可卸掉中炮，也要轰相，追求实惠，但这是以"多卒"优势作为基础的。

21. 马一退三 炮9进3 22. 炮九平一 车9进1

23. 马三进四 车9进2 24. 仕五退四 马6进4

25. 马四进三 ······

红方少三个兵，此时以消灭黑方的卒为重点，不顾黑方马跳"卧槽位"攻击。

25.······ 马4进3 26. 帅五进一 士4进5

黑方如改走车9退1，红方车四退六，马3退4；炮五平六，黑方占不到便宜。

27. 车四退六　车9平7　　28. 马三进四　卒1进1

黑方单靠车和马攻击力不足，必须出边马助战，所以此时挺边卒是一步关键棋。

29. 帅五平六　车7退3　　30. 仕六进五　马1进2

如图4-9，黑方跃出边马，势不可挡。

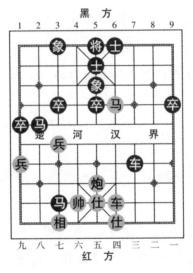

图4-9

31. 帅六退一　士5进6

黑方在进攻前先防守，解除后顾之忧。

32. 马四退二　车7退2　　33. 马二进一　马3退5

34. 相七进五　象5退7　　35. 马一进二　车7退3

黑方暂停进攻，转向"追马"。

36. 车四平二　士6进5　　37. 车二进六　象3进5

38. 马二退三　卒5进1　　39. 帅六平五　卒9进1

40. 马三退二　车7进3　　41. 马二退一　卒9进1

42. 马一退二　马2进4　　43. 相五退七　车7进4

44. 车二退四　马4退5

　　红方的马被困无法摆脱，黑方下一步马5进7踩车，再冲中卒渡河，红方认输。

　　双方第二局和棋，赵国荣进入"四强赛"。

第五十一局

赵国荣（胜）吕钦

1999 年"中视股份杯"总决赛进入"四强"阶段，赵国荣首局败于吕钦，第二局由赵国荣先行，此局赵国荣若想要晋级，只能胜不能和。虽然双方是飞相对挺卒的"温和"布局，但不久双方便短兵相接，形势尤为严峻。赵国荣干脆放下思想包袱，大胆进攻。相反，吕钦却怀着保守心理，总想着和棋，处处躲避，反而陷入被动。结果赵国荣轻松战胜了吕钦。这盘棋可以看出参赛者心理因素对比赛的影响程度。

1. 相三进五　卒7进1　　2. 炮二平三　象7进5

3. 马二进一　……

红方如走马二进四，会受到黑方横车的攻击，现红方跳边马便于出车，但之后此马"失根"，两种走法各有利弊。

3. ……　　　　马8进7　　4. 车一平二　炮8平9

5. 兵七进一　卒9进1

黑方把红方的边马作为攻击点，准备冲卒过河。

6. 车二进四　车9平8　　7. 兵一进一　……

红方这盘棋不能求稳，故行棋显然脱离棋谱，目的是扰乱对方的思路。

7. ……　　　　马 2 进 1　　8. 马八进七　车 1 进 1

9. 车九进一　　……

红方出横车支援右翼，但慢了一步。此时红方可改走车二进五，马 7 退 8；马一进二，马 8 进 7；兵一进一，车 1 平 8；炮八进二，卒 7 进 1；马二进三，卒 7 进 1；马三进一，卒 7 进 1；黑方的卒过河，红方的马位置较好，双方各有优势。

9. ……　　　　车 8 进 5　　10. 马一进二　车 1 平 8

11. 马二进三　车 8 进 2

如图 4 - 10，红方的马被捉死，但红方有后续手段能得到补偿。

12. 兵一进一　车 8 平 7

13. 兵三进一　……

红方挺三路兵，接下来有"兵一平二，再兵三进一吃卒"的着法，两个兵联手封住黑方马的出路，这点优势足以弥补丢马的损失。

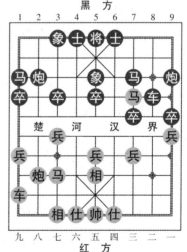

图 4 - 10

13. ……　　　　炮 2 进 2

黑方升炮可以轰掉红方的兵，但会造成防御结构失调，有待探讨。此时黑方如走卒 5 进 1，红方车九平二，卒 3 进 1；兵七进一，象 5 进 3；兵一平二，车7平2；炮八进五，炮9平2；兵三进一，象3进5；兵二进一，红方两个兵过河，有优势。

14. 车九平二　炮2平9　　15. 车二进六　后炮退1

从后来局势的演变来看，黑方改走后炮进1较好，接下来可走马7退5，再"退7"踩车，逐步调整阵形。

16. 炮八进五　前炮进5　　17. 仕四进五　象5退7

黑方如改走马7退5，红方车二平一捉双炮。

18. 马七进六　马7退5　　19. 炮八退一……

黑方忙于应付，十分被动。由于黑方"马退窝心"失去保护卒的作用，红方又退炮轰中卒。

19. ……　　　　马5进3

黑方跳马诱红方车二平七吃马，黑方可走象7进5把红方的车陷在右侧，黑方趁机用车和双炮在左侧展开攻击。

20. 兵七进一　车7平6

21. 兵三进一　象3进5

22. 车二退三　……

此步棋红方可防止黑方车6进2捉马，同时下一步还能车二平一捉双炮。

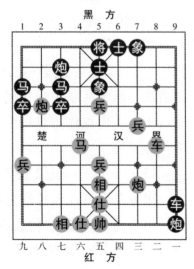

图 4－11

22. ……　　　　后炮平3

23. 兵七平六　士4进5

24. 兵六进一　车6平9

25. 兵六平五　车9进5

如图 4－11，黑方虽人马

众多，但右翼兵力拥挤，与左翼又无配合，只好用边车出击，准备移至"7路"捉炮形成抽将之势。红方意识到机会来了，便退炮逐车。

26. 炮八退五　车9退2　　27. 前兵进一　象7进5

28. 马六进八　马3进5　　29. 马八进九　……

红方踩掉黑方的马之后，不仅兵力与黑方持平，且局面仍占优势。

29. ……　　　　炮3平4　　30. 兵三平四　车9平7

31. 炮三退一　马5进3　　32. 车二平六　炮9退8

33. 马九退七　炮4进1　　34. 马七进五　士5进6

35. 车六平七

黑方全力防守，红方趁势踩象，削弱其防卫能力。至此黑方认输，因黑方走马3退5，红方兵四进一，车7平5；兵四平五，车5退3；车七进四，炮9进1；炮三进八，士6进5；车七进一，士5退4；马五进六，红方必胜。

第五十二局

赵国荣（胜）胡荣华

2001 年"翔龙杯快棋赛"第二轮第三场，赵国荣与胡荣华各胜一局，双方加赛超快棋决胜负，气氛十分紧张。胡荣华执黑棋摆出反宫马布局，赵国荣用五七炮弃双兵的方式猛攻。双方换车后赵国荣使出移肋线车捉炮的变着，胡荣华一时失算，驱卒捉炮，以为能把红方的马逼死，不料赵国荣巧用车借捉马之势围魏救赵，使局面起死回生。

1. 炮二平五　　马 2 进 3　　2. 马二进三　　炮 8 平 6

3. 车一平二　　马 8 进 7

在拼搏的关键时刻，胡荣华使出擅长的反宫马阵形。

4. 兵三进一　　卒 3 进 1　　5. 马八进九　　象 7 进 5

6. 炮八平七　　车 1 平 2　　7. 车九平八　　炮 2 进 4

双方均按当时的流行棋谱走，赵国荣摆出五七炮，就是为了选择弃双兵变例。

8. 兵七进一　　卒 3 进 1　　9. 兵三进一　　……

如图4－12，红方连续弃兵，勇往直前，把局势推向双方在"悬崖搏斗"的激烈程度。至此，黑方只能接受红方弃兵，黑方如走车9平8，红方兵三进一，车8进9；马三退二，马7退8；车八进一，红方有攻势。

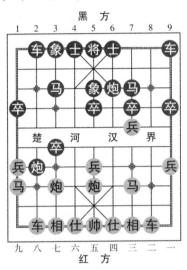

图 4－12

9.…… 卒7进1 10. 车二进四 ……

红方准备调车至左翼攻击黑方的马。

10.…… 炮2平3 11. 车八进九 炮3进3

12. 仕六进五 马3退2 13. 炮五进四 士6进5

14. 车二平四 ……

红方用肋线车捉炮是当时兴起的新变着，以往红方多走炮七平六，马2进3；炮五退一，炮3退2；炮六退一，卒3进1；马九进七，车9平8；双方对攻。

14.…… 马2进3 15. 炮五退一 卒3进1

黑方冲卒是失误，是陷入劣势的根源。黑方应改走车9平6，红方相三进五，卒3进1；马九进七，炮3退3；车四平七，马3进5；车七进五，红方弃子抢攻，十分凶悍，双方各有顾忌。

16. 车四进三　卒3进1　　17. 车四平三　卒3平2

18. 马九退八　卒2进1

如图4－13，黑方以为"拱卒"能逼死红方的马，不料红方有围魏救赵之法得到补偿。

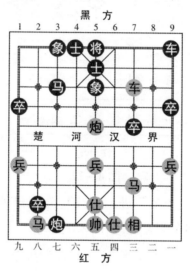

图 4－13

19. 车三退一　马3进2

黑方如改走卒2进1，红方车三平七，马3退1；相三进五，捉死黑方的炮。

20. 车三平八　马2进1

黑方如改走马2进3，红方车八退三，马3退4；车八退二，红方的马"复活"。

21. 车八退三　卒7进1　22. 兵五进一　卒2进1

23. 车八平九　……

红方的马看似是必失，至此成了双方"换马"。

23. ……　　　　车9平7　24. 车九进三　炮3退5

25. 相三进五　卒9进1　26. 车九平七　炮3平1

27. 马三进五　卒7平6　28. 马五进七　炮1进5

29. 仕五退六　卒6平5　30. 马七进八

黑方认输，因接下来黑方走车7进2，红方车七平四，炮1退8；马八进七，绝杀。赵国荣淘汰胡荣华，进入半决赛。

第五十三局

徐天红（负）赵国荣

2001 年"派威"排位赛第一场，徐天红首局战胜赵国荣，第二局由徐天红先行，他采用中炮两头蛇阵形，赵国荣志在必得，以半途列炮左路炮封车布局对攻。当赵国荣挺起 7 路卒时，徐天红麻痹大意，本应移车吃卒换车，徐天红却改变次序先移炮，让黑方的卒渡河酿成后患。赵国荣发挥"东北虎"风格，大举进攻，势如破竹。

1. 炮二平五　　马 8 进 7　　2. 马二进三　　车 9 平 8

3. 车一平二　　炮 8 进 4

黑方用左路炮封车，意味着将采用半途列炮布局对攻，这步棋表现出赵国荣奋力拼搏的决心。

4. 兵三进一　　炮 2 平 5　　5. 兵七进一　　……

红方采用两头蛇阵形的优点是抑制黑方的双马，但黑方的右路车能及时亮出，所以这种阵形有利也有弊。

5. ……　　　　马 2 进 3　　6. 马八进七　　……

红方也可走炮八平七，车 1 平 2；马八进九，车 2 进 4；车九平八，车 2 平 8，双方对攻。

6. ……　　　　车 1 平 2　　7. 车九平八　　车 2 进 6

当时比较流行的走法是车 2 进 4，红方炮八平九，车 2

平 8；车八进六，双方各攻一侧。赵国荣伸车过河，是想走出冷僻变化。

8. 炮八平九　车 2 平 3　　9. 车八进二　车 3 退 1

如图 4 – 14，黑方及时退车吃兵，下一步继续吃兵捉马，使局势变得复杂。红方双马活跃是不可忽视的因素。

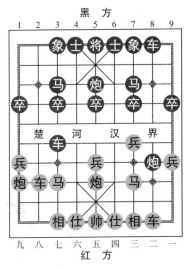

图 4 – 14

10. 炮五平六　车 3 平 7

黑方也可走卒 7 进 1，红方相七进五，车 3 退 1；兵三进一，车 3 平 7，黑方为左路马疏通前进道路。

11. 相三进五　车 7 退 1　　12. 车八进四　车 7 平 3

13. 马七进六　卒 7 进 1　　14. 炮九平七 ……

红方移炮是"随手棋"，忽略了黑方小卒偷渡的攻着。红方此时应改车八平七，车 3 退 1；马六进七，伏"炮九平七打马"的着法，红方不亏。

14. ……　　　　卒 7 进 1　　15. 车八平七　……

红方此时只能吃卒换车，如改走相五进三，车 3 进 1；车八平七，车 3 平 4；炮七进五，马 7 进 6；炮六平七，车 3 平 7；相七进五，车 7 平 2；下一步黑方马 6 进 4 踩车和相，黑方较易走。

15. ……　　　　车 3 退 1　　16. 马六进七　卒 7 进 1

17. 炮七进五　炮 5 进 4　　18. 仕四进五　卒 7 进 1

19. 炮六平三　马 7 进 6

如图 4 – 15，交换后虽双方实力大体相等，但黑方的当头炮镇中路，各棋子相互配合占据重要关卡，红方无险要位置可守。

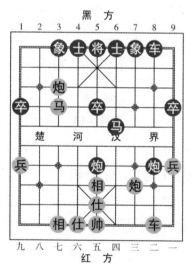

图 4 – 15

至此，红方如走车二平四，车 8 进 4；车四进三，炮 8 进 3；炮三平四，炮 8 平 9；帅五平四，车 8 进 5；帅四进一，马6进8；车四平三，马8进9；车三平五，车8退1；帅四退一，车8平6；帅四平五，马9进8；仕五退四，车6进1；帅五进一，车6退1，绝杀。

20. 马七退八　马6进4　　21. 马八进六　炮5退2

22. 炮七退四　士4进5　　23. 炮七平五　车8进5

24. 炮三进一　炮8进2　　25. 炮五进三　……

红方的炮发出之后，很难阻止黑方马的入侵。但红方也确实找不到更理想的着法，或者选择另一种着法：车二平四，炮8进1；车四进六，干脆孤注一掷，强攻！

25. ……　　　象3进5　　26. 炮三平六　马4进6

红方如走马六进八则慢一步，黑方先绝杀。

27. 帅五平四　炮5平6　　28. 仕五进四　……

红方如改走帅四平五，马6进7；帅五平四，车8平6，绝杀。

28. ……　　　马6退5

黑方将军抽吃红方的马或炮，红方丢马或炮后必败，只好认输。

第五十四局

王跃飞（负）赵国荣

2002 年"派威"排位赛第一场，王跃飞与赵国荣狭路相逢，双方演变成中炮过河车七路马对屏风马移炮换车阵形，王跃飞跳盘河马，赵国荣伸车骑河，双方对攻激烈。在拼杀过程中，赵国荣有意弃子取势，之后势如破竹，最终以多两个卒的优势取胜。

1. 炮二平五　马 8 进 7　　2. 马二进三　车 9 平 8

3. 车一平二　马 2 进 3　　4. 兵七进一　卒 7 进 1

5. 车二进六　炮 8 平 9　　6. 车二平三　炮 9 退 1

7. 马八进七　士 4 进 5　　8. 马七进六　……

红方跳七路马盘河，是布局的一个变例，当时采用者较少。王跃飞避开热门的五九炮布局，有攻其不备的意图。

8. ……　　　炮 9 平 7　　9. 车三平四　车 8 进 5

黑方先移炮打车再伸车捉马，行棋次序是有考虑的，如第八回合改为车 8 进 5，红方炮八进二，炮 9 平 7；炮八平九，炮 7 进 2；炮九进五，炮 2 退 2；马六进七，炮 7 平 3；兵七进一，变化复杂，赵国荣有意避开这种冷僻棋路。

10. 炮八进二　象 3 进 5　　11. 炮五平六　卒 3 进 1

12. 兵三进一　……

如图 4 – 16，出现"四兵相见"局面，黑方如走车 8 平7，红方相七进五，车 7 进 1；炮八退一，捉死黑方的车。

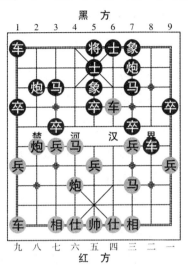

图 4 – 16

12. ······　　　车 8 退 1　　13. 兵七进一　象 5 进 3

飞象踏兵较稳，黑方如改走卒 7 进 1，红方兵七进一，马 3 退 4；相七进五，卒 7 进 1；马三退五，红方易走。

14. 炮八平七　马 3 进 4　　15. 车四进二 ······

进车捉炮是红方在试探，以往多走炮六进三，卒 7 进1；炮六进三，炮 7 平 4；炮七平三，车 8 平 7；相七进五，红方略占优势。

15. ······　　　炮 2 退 1　　16. 炮六进三　炮 2 平 6

黑方如改走卒 7 进 1，红方炮六进三，车 8 平 4；车四平三，车 4 进 1；车三退一，红方多吃一个马。

17. 炮六平二　卒 7 进 1

黑方不吃炮而冲卒，弃子取势，这是快棋中加强攻击的一种策略，如改走马7进8，红方兵三进一，马8进7；马六进五，红方多兵有优势。

18. 炮二进一　车1平4　　19. 马六进七　卒7进1

20. 马三退一　炮6进5　　21. 车九平八　车4进5

22. 相七进五　马7进6

黑方进车跃马，逐渐把军马压上红方领地。

23. 炮二平三　象7进5　　24. 仕六进五　马6进5

25. 炮七退三　马5退6

黑方虽少一个马，但多两个卒，也得到一定补偿。

26. 炮七平九　马6进8　　27. 炮三平四　炮6平3

黑方移炮牵制红方的马，给自己的马让出进攻路线。

28. 炮九进五　马8进6

黑方伏"炮3退3"轰马的手段，红方不敢炮四平七吃炮，因黑方马6进7可绝杀。

29. 车八进九　士5退4

30. 马七退九　马6进7

31. 炮四退五　车4平6

如图4－17，黑方终于找到反击的途径，只要吃回一个炮，局势就会发生决定性的变化，由双方互有顾忌转为黑方

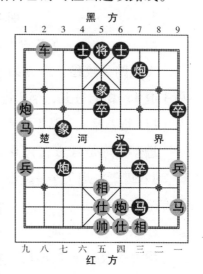

图 4－17

占优势。

32. 帅五平六　车6平4　　33. 帅六平五　车4平6

34. 帅五平六　车6进3　　35. 车八平六　将5进1

36. 炮九平一　炮7平9

虽然双方兵力相等，但红方的右路马被困，且黑方的7路卒过河，形势对黑方有利。

37. 马九进八　车6退5　　38. 炮一退二　炮3平9

39. 车六退三　车6进1　　40. 兵九进一　将5平6

41. 马八进六　后炮平4　　42. 车六进二　士5进6

黑方通过交换削弱红方的进攻力量。

43. 车六退四　马7退6　　44. 车六进四　车6进1

45. 炮一进四　将6退1　　46. 兵九进一　炮9退2

47. 兵九进一　炮9退1　　48. 兵九进一　象3退1

49. 相三进一　马6退4　　50. 相一退三　马4进3

51. 帅六进一　……

黑方如改走帅六平五，炮9进1；车六退六，炮9平5；车六平七，车6进4，绝杀。

51. ……　　　炮9平8

黑方伏"车6平9"捉马和炮的手段，红方见大势已去，认输。如接下来红方走车六退六，马3退4；车六进一，卒5进1；车六平三，炮8平4；仕五进六，马4进5；车三平六，马5进6；帅六退一，车6平2；帅六平五，车2进4；帅五进一，炮4平5；相三进五，马6退5；黑方基本清除了红方的"亲兵"，而红方并无速胜手段，只能慢慢被蚕食。

第五十五局

赵国荣（胜）王跃飞

2002 年"派威"排位赛第一场，赵国荣首局战胜王跃飞，第二局由赵国荣先行，双方演变成飞相对士角炮阵形，赵国荣忙里偷闲，让七路兵渡河后直冲入黑方九宫，为夺取胜利立下战功。

1. 相三进五　炮 8 平 6

黑方用"士角炮"布局使棋局富有变化，不仅便于左路车较快亮出，同时还威胁红方不敢跳肋线马。此后布局黑方可随机应变走成反宫马、单提马、五六炮等。

2. 马二进三　卒 7 进 1　　3. 兵七进一　马 8 进 7

4. 车一平二　车 9 平 8　　5. 马八进七　马 2 进 3

6. 马七进六　……

双方形成屏风马对反宫马阵形，红方跃马盘河控制黑方马的出路，还能预防黑方的右路炮过河。

6. ……　　车 1 进 1　　7. 炮八平六　炮 2 进 3

8. 马六进七　车 1 平 4　　9. 仕四进五　炮 2 进 1

黑方的炮连进两步，损失一步棋，但能为肋线车打开通路，并且下一步能轰掉红方的三路兵，也算得到补偿。

10. 车九平八　炮 2 平 7　　11. 兵七进一　……

如图 4－18，红方此着通常走炮二进二，卒 7 进 1；相五进三，车 4 进 3；相三退五，象 7 进 5；黑方的肋线车升至河口，阵形较稳固。本局红方改变战术，先让七路兵过河再升车至河口，这样可以阻碍黑方车的通路，抓住机会进兵。

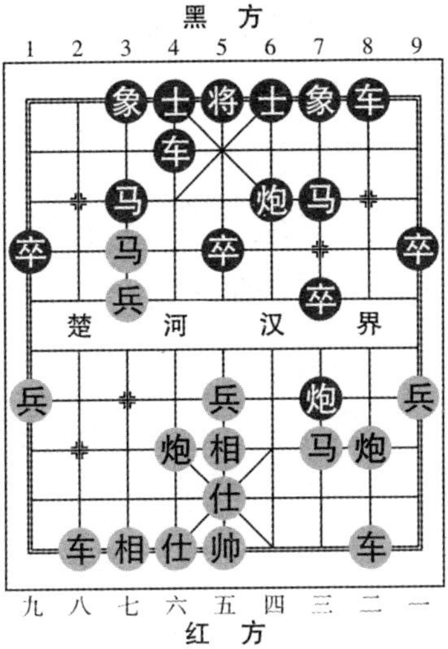

黑方

图 4－18

11. ……　　　车 8 进 6

12. 车八进四　马 7 进 6

13. 兵七平八　车 4 进 2

14. 兵八进一　……

红方在稳住阵形的前提下，利用小兵过河进行骚扰，使黑方不得安宁。

14. ……　　　马 3 退 5

黑方的右路马避开红方小兵的威胁，退至"窝心"处，准备从左翼跃出形成连环马。

15. 炮二平一　车 8 进 3　　16. 马三退二　马 5 进 7

17. 马二进三　卒 1 进 1　　18. 兵九进一　……

双方对峙，兵卒的争夺会影响到中残局的优劣，不可忽视，此着红方进兵避免黑方炮 7 平 1 吃兵。

18. ……　　　卒 1 进 1　　19. 车八平九　象 7 进 5

20. 炮一退二　炮 6 退 1　　21. 炮一平四　炮 6 平 7

22. 车九平七　士 6 进 5　　23. 炮六平七　……

双方排兵布阵，各有攻守。红方摆好炮的位置，对黑方的底象有潜在威胁。

23. ……　　　　车4进1　　24. 兵八进一　车4进2

25. 炮四进三　……

黑方的车进入兵林线，企图下一步马6进5换马得兵，或随时车4平3换车。红方为了破坏黑方的计划，升炮逐车是必然着法。

25. ……　　　　车4退3　　26. 炮四退三　卒7进1

黑方如再走车4进3，红方炮四进三，车4退3；炮四退三，双方不变成和棋。但王跃飞已输一局，此局非胜不可，故必须有变化。

27. 兵八进一　……

黑方进卒对攻，红方不宜飞相吃卒，也冲兵塞象眼，伏"马七进六"瞄象闷杀的着法。

27. ……　　　　卒7平8

28. 马七进六　……

如图4-19，虽然双方各攻一翼，但黑方对红方的威胁不大，而红方对黑方却有致命威胁。

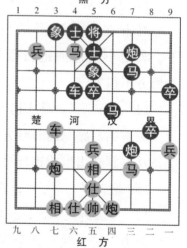

图4-19

28. ……　　　　士5退6

29. 马六退四　……

本来红方用马塞象眼是为了闷杀，但此着如挥炮轰象并无多大便宜可占，即红方改走炮七进七，将5进1；兵八平七，后炮平4；兵七平六，车4退2；红方缺乏后续进攻的手段。

29.……　　　　后炮平6

黑方移炮绊马腿属于习惯性走法，但也保不住底象，故应改走将5进1，红方炮七进七，后炮平2；炮七平九，炮2平1；消灭红方的过河兵，以除后患。

30. 炮七进七　士4进5　　31. 炮七平九　车4平1

黑方不能士5进6吃马，否则红方车七进五，车4退3；车七平八，困死黑方的车。

32. 车七进五　士5退4　　33. 车七平八　卒8进1

黑方冲卒对攻，如改走士6进5，红方兵八平七，士5进6；兵七平六，车1退3；车八平九，炮6退1；炮四进四，马6进4；炮四进五，将5平6；车八平六，将6进1；兵六平五，士6退5；车六退五，红方必胜。

34. 兵五进一　……

红方挺中兵为马腾出进攻路线，如改走兵八平七，将5进1；车八平六，炮6平3；红方丢兵实在可惜。

34.……　　　　士6进5

35. 兵八平七　炮7平1

36. 炮九平六　士5退4

37. 兵七平六　……

如图4—20，红方的兵在

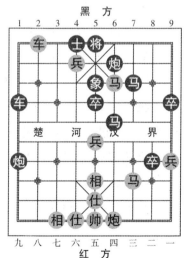

图4—20

开局过河之后，经过一番曲折前进，终于杀入黑方腹地。

37. ……　　　炮 1 平 4

38. 兵五进一　卒 8 平 7

黑方如改走卒 5 进 1，红方则马四退五，炮 6 进 8；马五退六，将 5 平 6；马三退四，也是红方占优势。

39. 兵五平四　马 7 进 6　　40. 马三进五　车 1 进 1

红方巧献马，黑方如走马 6 进 5，红方则炮四进八，炮 4 退 4；炮四平一，将 5 平 6；马四进二，将 6 平 5；兵六平五，绝杀。

41. 马五进四　车 1 平 6　　42. 马四退二　车 6 平 8

劣着，黑方应改走车 6 退 1，红方马二退三，车 6 进 2；虽属红方占优势，但黑方尚可周旋。

43. 马二进三　……

红方伏"马三退四，车 8 平 6；兵六平五，将 5 平 6；车八平六"绝杀的手段。

43. ……　　　车 8 平 6　　44. 车八退三　炮 4 平 9

速败之着，黑方应改走车 6 平 4，红方车八平五，车 4 退 3；车五进一，士 4 进 5；也是红方掌握局面，但黑方可多支撑几步。此时黑方移走肋线的炮，可能已是心灰意冷。

45. 车八进三

黑方认输，因接下来黑方走将 5 平 6，红方车八平六，绝杀。

图书在版编目（CIP）数据

象棋大师对局经典／黄少龙，段雅丽编著. 一太原：山西科学技术出版社，2023.1

ISBN 978 - 7 - 5377 - 6242 - 7

Ⅰ.①象… Ⅱ.①黄… ②段… Ⅲ.①中国象棋—对局（棋类运动）Ⅳ.①G891.2

中国版本图书馆 CIP 数据核字（2022）第 247204 号

象棋大师对局经典
XIANGQI DASHI DUIJU JINGDIAN

出　版　人	阎文凯
编　　　著	黄少龙　段雅丽
责 任 编 辑	张春泽
封 面 设 计	杨宇光

出 版 发 行	山西出版传媒集团·山西科学技术出版社
	地址　太原市建设南路 21 号　邮编　030012
编辑部电话	0351 - 4922063
发 行 电 话	0351 - 4922121
经　　　销	各地新华书店
印　　　刷	山西基因包装印刷科技股份有限公司

开　　　本	890mm × 1240mm　　1/32
印　　　张	7
字　　　数	180 千字
版　　　次	2023 年 1 月第 1 版
印　　　次	2023 年 1 月山西第 1 次印刷

书　　　号	ISBN 978 - 7 - 5377 - 6242 - 7
定　　　价	29.00 元